云山花事经眼录

春色

潘小娴　朱苏权　著
朱晴鹤　摄影

SPM
南方出版传媒
广东人民出版社
·广州·

图书在版编目（CIP）数据

云山花事经眼录. 春色 / 潘小娴，朱苏权，朱晴鹤著. —广州：广东人民出版社，2018. 5
ISBN 978-7-218-12713-2

Ⅰ. ①云… Ⅱ. ①潘… ②朱… ③朱… Ⅲ. ①散文集-中国-当代 Ⅳ. ①I267

中国版本图书馆 CIP 数据核字（2018）第 066555 号

YUNSHAN HUASHI JINGYANLU · CHUNSE

云山花事经眼录 · 春色

潘小娴 朱苏权 著 朱晴鹤 摄影

出 版 人：肖风华

主 编：李怀宇
责任编辑：李展鹏 张 静
装帧设计：张绮华
责任技编：周 杰 吴彦斌

出版发行：广东人民出版社
地 址：广州市大沙头四马路 10 号（邮政编码：510102）
电 话：（020）83798714（总编室）
传 真：（020）83780199
网 址：http：//www. gdpph. com
印 刷：广州市一丰印刷有限公司
开 本：787mm × 1092mm 1/32
印 张：6. 75 **字 数：**140 千
版 次：2018 年 5 月第 1 版 2018 年 5 月第 1 次印刷
定 价：49. 00 元（全四册 196. 00 元）

如发现印装质量问题影响阅读，请与出版社（020－83795749）**联系调换。**
售书热线：（020）83795240

衷心感谢广东技术师范学院文学与传媒学院“汉语言文学专业综合改革项目”和广州市白云山风景名胜区管理局对本书的资助

你若逐花，幸福自来！

朱苏权

“山中信步随芳草，亭上闲来倚白云”——这是白云山“惠风亭”上悬挂的一副对联。

对联既包含了白云山的名字，也描绘出了爬白云山的妙境：有山，有芳草，有白云——天朗气清，惠风和畅；曲径信步，林阴闲逛；白云亭畔展，花香山间飘。试想，如果一个人，能把一年四季的光阴，都抛掷在这么美妙的地方，自然是快活得不像话了！

而我，就是这其中“快活得不像话”的人之一！

这一份快活，缘起于十九年前。

十九年前，因一位挚友喜爱爬白云山，为了找到这位挚友，我也经常到山上去。一来二去，发现爬白云山带来的好处甚多。其中，最让我乐此不疲的一件事，当然是看花！因为它唤醒的是我大学时代的逐花梦。

当年，入读华中师范大学，第一周，学校就安排有经验的园艺工人领着中文系的新生们，去辨认桂子山上众多的花草树木。9月，正是桂花飘香的时节，满山香气飘飘，金黄耀眼的桂花，掀开了我的大学求学之旅的序幕，同时也激发了我对植物的热爱。

如今，在挚友的影响下我又开始再续逐花缘了。当时，儿子小朱才两岁半，但他从学会走路就再也没有让我们抱过，因此，我们家一开始登山，就是全家一起上阵的。从此一家人就一起醉入云山深处的花海里，十九年从未间断过。

十九年来，在白云山上，我们寻访隐藏于山间崖畔的各种奇花异卉，发现每一棵不被人们所关注的寻常花草树木的四时美态，既看遍了白云山上的花开盛景，也邂逅了白云山许多可遇而不可求的美妙花境。

十九年来，每当爬白云山，我们必带两样东西，一是相机，二是笔记纸。到了山间，一旦看到花，各有各的忙碌——儿子小朱，最富技术含量，给花拍照；当妈妈的小娴，最为悠闲，只管赏花；做爸爸的我呢，勤快地干着枯燥的活儿，摊开纸张，把花草所在的地点、数量、结的果子，一一记录下来。

十九年来，记不清拍了多少花，也记不清记录了下多少种花，这种不断逐花的热情，其结果是对于白云山不少花的特点、习性、故事，我们都熟稔于心了。于是，我们一家决定合作撰写《云山花事经眼录》：写白云山花草树木的四时美态；写我们一家"你若逐花，幸福自来"的快意人生；写与花草相伴的小朱的快乐童年。刚开始只准备写一本的书稿，最终却提笔难停，一口气写成了四本（分别为春色篇、夏影篇、秋韵篇、冬彩篇），因为真正内心涌现出来的东西，真的是提笔就停不住呀！

有一种鸳鸯茉莉花，它的英文名是"昨天、今天、明天"。这个英文名，总是让我想起英国诗人西格夫里·萨松的代表作《于我，过去，现在以及未来》，其中曾这样写道："In me the tiger sniffs the rose（心有猛虎，细嗅蔷薇）"。——这话说得多么好呀！老虎都有细嗅蔷薇的时候，何况人呢！所以，忙碌而远大的雄心，也应该享受一下被温柔和美丽折服的美好时光。就算每天忙忙碌碌，也别一味“心有猛虎”，而应该放松一下紧张的情绪，细嗅蔷薇、鸳鸯茉莉等来自大自然的花香。因此，我们才能更安然地感受生活的美好与泰然。

除了逐花，爬白云山还有很多好处，在一般人的观念中，也许都认为，最大的一个好处，自然是爬山能锻炼身体。但我以为，这仅是其中的一个好处而已，爬白云山的真谛，还在于下面三点：

回归了大自然。爬白云山的十九年中，我们一家见过许多可遇而不可求的景象，比如黄猄、山鸡、果子狸、画眉鸟、鹌鹑、蛇、旱蚂蟥等动物。它们都不是你想见就能够见得到的，而需要相当的机缘巧合，才能够碰到。

密切了亲情。到了山上，远离了电子设备、网络，大家不再是盯着电视的呆坐族，或者是盯着手机的低头族。且看黛山葱绿云雾缭绕，百花四季争竞芳菲，人的心情自然舒适愉悦，家人之间彼此便多了许多耐心、谅解。一家人之间的沟通自然大大增加，心也变得更加紧密了。

孩子能够快乐学习。小朱两岁半开始跟着我们爬白云山，当我们和小朱沿着山路，逐级登阶，结合彼时情境，很自然地将“荷风送香气，竹露滴清响”、“山中连夜雨，树杪百重泉”等诗词，甚至千字文也一并背下。父子俩一唱一和，小朱就能够摆脱简单枯燥的学习模式，快乐学习。我以为，思维的训练同样离不开自然环境的烘托，人在爬山的过程中能与自然万物接触，培养对各种未知事物的好奇心，并引起大脑的思考，从而提高自身的逻辑思维和理解能力。

一座海拔不足四百米的山，不仅带来人与自然的融洽关系，更带来人与人之间的融融暖意，这就是白云山在我们一家心中的要义。我是发自内心，把白云山当作自己心中的桃花源去享受。所以，我常常对人们说，白云山就是我们家的“后花园”！每当我们背起背包出门，碰上熟知的朋友，一个个都会打趣说：“又全家一起到‘后花园’去了？”我们笑答：“是呀是呀。”虽然离白云山还很远，但我们一边答，一边已是满心的欢喜，满心的花香。

我们一家对白云山这座“后花园”的热爱，其实就是去享受一种属于自己的审美生活。同时，也是在用诗意的态度去面对生活百态，并诗意地栖居于自己所能够掌控的生活之中。

2017 年 3 月 10 日，广州

目录

紫藤：

紫云香风留美人

在看到白云山山庄旅舍里的紫藤之前，我对紫藤二字，总会生出一种言情的感觉，缠缠绕绕的枝蔓，缠缠绕绕的花儿，就好像琼瑶小说里那些缠缠绵绵剧情里的男女主角一样，戚戚然，泪汪汪，有些艳，有些俗。

这应该是与紫藤留下的传说有关吧！像所有的传说一样，故事里少不了的是美丽的女孩、英俊的男孩。紫藤故事的主角是一个喜欢穿紫色衣服的漂亮女孩。紫衣女孩每天真诚地向天上的月老祈求，希望自己遇到一个能够珍惜自己的人。月老被女孩的虔诚感动，托梦给她：当春天到来时，在后山的树林里，她会遇到一个白衣男子，那就是她期待很久的情缘。女孩将梦记在心里。等到春暖花开，女孩满心欢喜地如约独自来到了后山树林，可等到天快黑了，也不见白衣男子出现。女孩在紧张失望之时，又被草丛里的蛇咬伤了脚踝。就在女孩感到绝望无助时，白衣男子出现了，他上前用嘴帮她吸出了脚踝上被蛇咬过的毒血，女孩从此深深地爱上了他。因为白衣男子家境贫寒，他们的婚事遭到了村里人的强烈反对。但女孩心意已决，非白衣男子不嫁。最终两个相爱的人双双跳崖殉情。

后来，在他们殉情的悬崖边上长出了一棵树，那树上居然缠着一棵藤，并开出朵朵花坠，紫中带蓝，灿若云霞。后人称那藤上开出的花为紫藤花，因为紫藤花需缠树而生，独自不能存活，便有说那女孩就是紫藤的化身，树就是白衣男子的化身，紫藤为情而生，为爱而亡。

为情而生，为爱而亡——这紫藤，是多么典型的琼瑶式的对白呀！这也难怪，一看到紫藤二字，曾经在青春年华里有过一段追看琼瑶小说的我，脑袋瓜里想起的就是这么世俗的戚戚然泪汪汪的场景啦。

老朱和小朱，一个是大男子汉，一个是小男子汉，他们基本上不关注琼瑶，也不喜欢琼瑶的小说，所以我们三个人组成的逐花队伍中，也就我一个人喜欢想象紫藤那副戚戚然泪汪汪的场景。老朱还辩解说，紫藤，紫色的花儿，应该是端庄典雅的，还有股仙气的吧，就算是有些愁怨，也不是戚戚然泪汪汪，而应该在愁怨中透着一种婉约和清丽。

端庄典雅，有股仙气——老朱说得还真对。我们后来在白云山的山庄旅舍看到紫藤，还真产生了一种仙气飘飘的感觉。

山庄旅舍有两个地方种有紫藤，一个是外庭的陶然餐厅前，一个是内庭的长廊上。

陶然餐厅前的紫藤，是缠绕在美洲冷杉树上的，很高很高，花稀少，只有零星的几串。因为太高，仰头望，还是隔着一段距离，站在这里看紫藤花，从来看不清长成啥样，只感觉紫藤花长成串，每当有清风吹过，会拂起几片紫色云霞。紫色云霞不近人，孤傲冷静，高高地飘荡在蓝天，或许可以想象成紫霞仙子吧。

内庭的长廊，弯弯曲曲，但不高，每年初春时节，紫藤抽出了新枝，长出了一些毛茸茸的新叶，轻轻低垂，我们伸长手臂，也能触到一两枝。当叶子越长越大，青翠欲滴时，一串串稻穗似的花苞，就开始陆陆续续地挂在了毛茸茸的花茎上，一串花穗大约有二三十朵小花苞。3月初，花开了，藤蔓间零星点缀着的紫色小花，呈蝴蝶形状，由内而外由上而下呈现出不同程度的深深浅浅的紫色。花瓣有三瓣，从上往下看，花瓣顶端是紫色的，越往下越淡，到了底部，就成了乳白色；而从外向内看，最外一瓣为浅紫色，第二瓣和第三瓣为深一点的紫色，并且还包裹着弯曲着头的细长花蕊。微风吹过，挂在树上的紫藤花，如一串串紫色的珠帘，随风摇曳，散发出淡淡的清香。

此刻，最应情应景的就是诗仙李白写的那首《紫藤树》：“紫藤挂云木，花蔓宜阳春，密叶隐歌鸟，香风留美人。”此刻，站在散发着淡淡清香的紫藤花前，我们似乎也有了一种透帘看美人的风流与文雅——紫藤这个“美人”，应该是一个大家闺秀，肩上有着一头柔软卷发，有一张精致清秀的脸，喜欢着一袭紫色的长裙，在闺房的香炉前研墨弄字，紫色的裙摆随风轻轻飞舞，飞出一圈圈紫色云霞，舞出一串串婉丽辞藻。

曾经看过一些关于紫藤的文章与图片，大体都是如瀑布般的壮观，就像宗璞那篇脍炙人口的《紫藤萝瀑布》所写的那样：“只见一片辉煌的淡紫色，像一条瀑布，从空中垂下，不见其发端，也不见其终极。”但是，我们每年春天看山庄旅舍的紫藤，感觉都开得不怎么浓密，很难与瀑布联系起来。其实，我们倒是觉得，如果紫藤瀑布般盛开，那种感觉太闹了，没有了大家闺秀的优雅；而山庄旅舍是静谧的，零零星星绽放的紫藤，就像一个久浸书香的女子，有种优雅悠闲的飘飘仙气，这更适合山庄旅舍的气质。

或许是因为这种悠闲性情，紫藤花开的春天，到山庄旅舍赏紫藤花的人并不多，所以我们赏紫藤花总是可以从从容容，也可以真正体会一番“密叶隐歌鸟，香风留美人”的清丽与美好。老朱还经常喜欢用手摸摸墙边紫藤树的根，他说，每每摸一摸这缠绕如麻花状的粗藤蔓，心底会产生一种不离不弃的厚重感。

当然，我们喜欢紫藤，还因为紫藤一年四季都会展现不同的风情：在广州，基本上看到的树木都是只有长绿叶和开花这两种情态，极少能看到有什么树木会随一年四季展现不同的面目。而紫藤却能随季节不断地变化自己的美与魅。春天花开，是一袭紫色云霞；夏天花谢，青翠的枝枝叶叶，将整个长廊笼罩在绿色之中，如一道绿云，阴凉舒畅；秋天，枝叶渐渐转黄，长廊如黄色绸缎，柔曼飞舞；冬天，黄叶飞离枝条，一根根光秃秃的灰褐色枝蔓，如苍龙般蜿蜒。这时候，我总是喜欢把这灰褐色枝蔓，想象成仙女手中的魔棒——你看，仙女把魔棒挥一挥，光秃秃的灰褐色枝蔓，很快就抽出了新枝，长出了毛茸茸的新叶、深深浅浅的紫色花朵，迎接新一年春天的到来。

随季节不断地变化自己的美与魅的紫藤，其花还可以制作成美食呢。据说，金朝学者冯延登曾称赞，在斋宴之中，紫藤花堪比素八珍的美味。如今，在民间也流传有把紫色花朵用水焯，可以凉拌，也可以裹面油炸，制作紫萝饼、紫萝糕等风味面食。但印象中，山庄旅舍推出过桂花、茶花等美食，却从来没有推出过与紫藤有关的美食。想来，仙气飘飘的紫藤花，如果能在山庄旅舍的餐桌出现，那也应该是很美很魅的一件事情吧。

狐狸手套：

亦正亦邪俏黄蓉

狐狸手套，好童话好魔幻的名字。当初看到这个花名，被其蛊惑，总感觉似乎会和妖精呀仙女呀有些什么瓜葛。嘿！还真对了呢——狐狸手套原产于欧洲，其名字来源，的确有着一种魔幻色彩，也和妖精相连甚深。

传说，狐狸和一个毛地黄妖精的关系非常好，为了帮助狐狸捕杀其他动物，毛地黄妖精便把自己漂亮的花朵送给狐狸，让狐狸把花套在脚上，以降低它在毛地黄间觅食所发出的脚步声，这样就能抓到更多小动物啦。

狐狸手套的花，很好看：长喇叭型的花朵，如一个个腰身纤细的小铃铛，密密匝匝地结在树冠上。哦！等等，这么可爱雅致的花儿，怎么又叫了个土里土气的“毛地黄”？真是好矛盾的名字与外貌呀！其实呢，说来很简单，毛地黄名字来源于直观的长相——它的叶片酷似地黄，茎叶上又布满了茸毛，因而被命名为毛地黄。同时又因为它来自遥远的欧洲，因此又称洋地黄。

欧洲人对毛地黄一直情有独钟，很喜欢把它种植在房前屋后、公园，甚至修道院。《牛虻》、《简·爱》等等欧洲名著，都有毛地黄的身影。《牛虻》

第一章开头写亚瑟和神学院院长蒙泰尼里神父走进修道院的花园，只见“小径两边的玫瑰花伸展着枝条，漫过小径；黄杨树篱间的红罂粟花开的肆无忌惮；高大的毛地黄佝偻地生长在杂草的上面……”《简·爱》在第三章这样写道：“至于那些小精灵们，我在毛地黄叶子与花冠之间，在蘑菇底下和爬满老墙角落的常春藤下遍寻无着之后，终于承认这悲哀的事实：他们都已逃离英国到某个原始的乡间去了……”书中说，相信《格列佛游记》里大人国小人国的童话是真实存在的。当然啦，对于孩子们来说，在“毛地黄叶子与花冠之间”，狐狸戴着毛地黄花朵做成的手套，静悄悄地走在长满毛地黄的草地里的童话，也一样是存在的。

或许是看多了欧洲人对毛地黄的描述，所以我对这花一直十分好奇，在网上把狐狸手套花的模样看得熟透。后来，我们一家爬白云山，虽然看到了无数的花花朵朵，但一直无缘见到狐狸手套。再后来，老朱提议说，云台花园人工种植的花朵比较多，说不定会有狐狸手套呢。

老朱还真说对了呢，我们真的就在云台花园撞见了狐狸手套。

2014 年 4 月 12 日，一进云台花园，红红粉粉一片花海直扑眼帘，园里的蜀葵，碗口大，开得正旺呢！也就是在这繁茂的蜀葵花海间，我竟然一眼就瞧见了离花园门口几步之遥的右边，长着有好几串特别的小花儿，跑前一看，是长喇叭形的，有淡紫淡黄两种颜色，花朵低低垂首，簇簇拥拥开在一根枝条上，如风铃轻悬，好可爱。不用说，这就是狐狸手套花了。我乐坏了：“哇！找了那么久，终于见到你啦。”小朱说：“妈妈好牛呀！不戴眼镜的近视眼，也能一眼就从百花丛中找到狐狸手套”。老朱恭喜道：“那就是日思夜梦的报尝——今天狐狸手套终于不负你这个有心人啦”！

以前看网上图片，只看出狐狸手套花的里边点缀着很多深紫红色斑点，就像铺染了一幅画似的。而今天细看真花，能看到点缀着的斑点上还长出了一根根细细软软如手指长的白色茸毛，仿佛是哪个仙女正在挥舞魔棒，挑染花朵。怪不得狐狸手套能铺染得那么俏丽可爱，原来是有仙女在上面施展魔法呢！哈哈，漂亮的狐狸手套，真的能让长大的我们都忍不住有了童话的向往。

但是，老话说，太美丽的东西通常是带毒的，狐狸手套还真应了这句老话。这不，写出了《东方快车谋杀案》、《尼罗河上的惨案》、《阳光下的罪恶》等家喻户晓作品的侦探推理小说女作家阿加莎·克里斯蒂，在《死亡草》中，就描述过凶手曾用一种名叫“毛地黄”的花草，杀死了一个无辜的女孩子。而在电影《007：皇家赌场》中，那个聪敏酷帅的超级特工詹姆斯·邦德，也曾被人下了毒，他所中的毒是什么呢？——也是来自这漂亮好看的“毛地黄”。

这么漂亮的毛地黄，也能用来杀人放毒？原来，毛地黄的叶片，含有一种名为毛地黄毒糖的强心配糖体，过量误食，会引起食用者心跳过速，直至心脏衰竭死亡。不过，过量使用会引起心脏病的毛地黄，只要用量适度，本身又恰恰是治疗心脏病的特效药物。1874 年，德国药物学家施密德伯格，从毛地黄植物中提纯了毛地黄毒苷，并证明是有效的强心成分。此后毛地黄成为现代医学重要的强心良药。

毛地黄在亭亭玉立的外表下隐藏了剧烈的毒性，这是一种多么矛盾的植物呀！但毛地黄花长得实在太俏丽可爱了，再加上狐狸手套的传说，越看越觉得如果要用一个文学作品中的人物来类比，我觉得那是非《射雕英雄传》里的俏黄蓉莫属了。

黄药师黄老邪，在金庸笔下被称为“正中带有七分邪，邪中带有三分正”，而其女儿黄蓉长得漂亮可爱，为人古灵精怪，身上也仿佛长着毒刺，亦师承了老爸黄药师的“亦邪亦正”之风范，真是活脱脱一朵俏丽可爱又隐隐有毒性的狐狸手套了。而且，长着毒刺的俏黄蓉，时不时还喜欢刺人一下，连洪七公欧阳锋这样的武林前辈也敢刺，更别说那些武林泛泛之辈如何给她刺得晕头转向了。但就是这么个亦正亦邪的俏黄蓉，却让很多人粉上了《射雕英雄传》。我当然就是其中的一个死忠黄粉啦。呵呵，现在嘛，逐花的我，当然也一心一意地特粉亦正亦邪的狐狸手套啦！

桃花：

艳桃枝头春意闹

读《桃花源记》，对陶渊明笔下的桃源胜景，不仅印象深刻，而且怦然心动。“晋太元中，武陵人捕鱼为业。缘溪行，忘路之远近。忽逢桃花林，夹岸数百步，中无杂树，芳草鲜美，落英缤纷……”一个以打鱼为生的武陵人，顺着溪水行船，忽然遇到一片桃花林，生长在溪水的两岸，长达几百步，中间没有别的树，芳草鲜嫩美丽，纷纷的落花散在溪水两岸。

初爬白云山时，偶尔也会想，不知道能否有机会遇见这么一个赏桃花的胜地呢？呵呵，运气还不错，后来还果真遇见了一个涧水叮咚桃花遍地的桃花涧。

这个涧水叮咚桃花遍地的桃花涧，位于明珠楼景区的一道山谷里，是一个以《桃花源记》为构思主线的写意园林。相传古代有一位高人，看破红尘，来到白云山，偶遇这山清水秀之地，流连忘返，便隐居下来，平时以种桃花为乐，日久天长，桃花满山遍野，遂得名桃花涧。

不管传说是真是假，但桃花涧的确是很有山间灵气。你看，一道浅浅的山泉水从山坡上倾泻而来，形成一级级小水潭。沿着山坡和水潭边，植有一万多株桃树，艳红粉红居多，间或也有一两株白色的。每年二三月份，艳红粉红粉白的桃花，密密麻麻地绽放，一眼望去，看不到绿叶，也看不到枝条，满眼全是艳艳桃花，好一幅“艳桃枝头春意闹”的胜景！

桃花闹，人流也闹。每年桃花盛开时节，白云山都会举办桃花节。满园桃花灿若艳霞，桃花涧里笑声盈盈。但由于游人如鲫，闹得太过红火，反倒让我们对盛花时节的桃花涧敬而远之了。所以，我们家去桃花涧，都会避开二三月份赏桃花的高峰期。

其实，我一直觉得，在桃花涧赏桃花，最好还是远观，除了避开人流，还有一点就是——桃花涧里的桃花都是小朵的，不像杭州西湖的桃花，不管单瓣还是复瓣，很多都有碗口大，适合近距离观赏。更奇特的是颜色：我记得西湖有一种白色桃花，每一瓣花瓣上都露着一两丝嫩嫩的水红条痕，素洁中透出一股冷艳，真是像极了孤芳自赏的江南女子。而广州桃花涧的桃花，不仅花朵小，也较多为单瓣，虽然也有一些复瓣的，但花朵依然很小很细碎，少了西湖桃花那一种孤芳自赏的冷艳美感，但却多了点细细碎碎的牵牵扯扯。或许，对于比较讲究现实的广州这座城市来说，桃花的细碎风格，正是最匹配广州人庸常生活的一种俗世气质。而细细碎碎牵牵扯扯，最好要有点距离感，要不，终日被其所缠绕，会让人心神皆累，美感顿失。

偶爬白云山的人，只为此胜景而来；而常爬白云山的人，却是深入胜景之腹地。所以，远观桃花的这种美妙，当是常爬白云山的人才能体会得到的。我们家自从小朱两岁半开始，除了刮大风下大雨，都坚持周末就爬白云山，至今已经十九个年头了，或许也算得上“白云山达人”了吧。

在桃花未盛季节逛桃花涧，自有一份难得的雅趣。桃花涧内除了遍植桃树，还有古朴的亭廊、塑石、竹林及各种热带植物，每一季都能欣赏到各种不同的漂亮花朵。桃花涧还有一个小石洞，并在一旁的石头上刻有陶渊明的《桃花源

记》。旁边没什么游客的时候，偶尔老朱就会朗诵《桃花源记》。老朱是大学老师，教授唐宋文学，他的朗诵声情并茂，抑扬顿挫，历来深得学生好评。如今在这充满野气的山谷，老朱朗诵起来更是别有韵味。我和小朱坐在一旁的石头上，静静地倾听，一旁的流泉蜿蜒，溪涧叮咚，真有点感觉像穿越到了古代，好难得一种文雅宁静的美好光阴。

于是，我们一家子越发喜欢在桃花未盛时节到桃花涧溜达，等到桃花盛开，则远远避开，偶尔也只是隔着桃花涧的栅栏，远观那红红火火的“艳桃枝头春意闹”的胜景。但，智者千虑，必有一失。而这一失，却让我们体会到了另类的赏桃胜景。

2013 年 2 月 11 日，我和老朱去爬白云山，小朱有同学相约一起玩儿去了。那天，我们出发早，慢悠悠地一路从濂泉山门荡到松涛小卖部，时间差不多中午一点了，于是便准备到松风轩餐厅吃午饭。但当我们再往前走一小会，还有

一段距离才到达桃花涧的时候，却隐约听到了鼎沸的人声。老朱一拍脑袋：“完了，正是桃花盛开的旺季，我们都忘了呢！今天吃饭肯定成大问题了。”

果真成大问题了呢。走到松风轩，外面一长串的椅子上坐满了手拿号纸、排队等着吃饭的游客。赶紧跑到隔湖相对的桂花园餐厅，转了几圈，却连个位置也没找着。只好又一路往前奔，到了碧影湾餐厅，溜达一圈之后，有游客刚好结完账走人，我们赶紧坐下，稍微舒了口气。我们叫服务员来收拾前面客人用过的碗碟，服务员很爽朗地应承着“好的好的”，可是老半天也没有一个人来动手收拾。叫了三次都如此，等叫到第四次，有一服务员终于跑过来收拾了，她说：“看桃花的人太多，你们是第三轮吃饭的客人啦，估计一个小时后也不一定能上菜。”我们一听，只好撤退，再往前面的梅花谷餐厅奔去。

梅花谷平常比较少游人，估计吃饭的人应该也不多。到达梅花谷，的确人不多，只有五六桌。我们心中窃喜，吃饭问题总算有着落了。赶紧找个座位坐下，时间已经快两点了。叫服务员开位，服务员来得倒是很快。但我们还没来得及点菜，就听到一旁的客人，在大声追问：“老板，都大半个小时了，怎么一道菜没上呀！”此时，一位穿着白色背心的大叔走出来说：“我们厨师就只有两个，平常来这吃饭的人很少，今天你们已经是第三轮的客人了，厨师做都做不过来，请稍等等呀。”再一看，只见他左手大拇指缠着白色的纱布，还透着些红红血迹。尔后又听到这位大叔说：“大家都来看桃花呀，吃饭的客人多得不得了。我也急呀，想赶快帮忙切菜，结果一不留神，把手切到了。大家耐心等等呀，桃花漂亮，心情也要漂亮呀。”

再认真一看，只见大叔满头大汗的，还不停地忙着抹额头上的汗水呢！可这是二月天呀，我们都还穿着毛衣，大叔却只穿一件单薄背心，两边肩膀都裸露着，还满头是汗。这二月桃花，果真旺得非一般啊！

我们点了几个菜，服务员都说没了，我们就说，你看有什么菜，给我们煮两三样上来就是了。点完菜，接着就是漫长耐心的等待，等到快3点，肚子早已饿得贴过背去了，菜终于上来了，我们赶紧狼吞虎咽吃了起来。穿背心的大叔也甚是好心，觉得时间耽搁了那么久，就免费送了两碗白饭给我们。这一顿午饭，吃得折腾，却很温暖。

回到家，和小朱讲起今天吃饭的折腾过程，尤其重点讲到了那个身穿背心、手指流血的老板大叔。小朱呵呵大笑：有幸经历这么另类的桃花风情，实属难得，恭喜爸爸妈妈，中大彩啦！

无忧花：

无忧树下无忧愁

每年 4 月初，正是无忧花开得灿烂无比的时节。每当这个时候，我们家都一定会去白云山，看看无忧树，这是我们家雷打不动的赏花节目。因为我们家的小朱生于 4 月 7 日，老朱和我就把无忧花作为小朱的生日花，祝福小朱快乐成长，一生无忧。

小朱略懂事开始，知道自己的生日花是无忧花，特高兴。因为无忧花长得实在太漂亮，太招人喜欢啦！花管长长，花瓣裂开四瓣，像手指般大小和长短，整朵花从花管到花色再到花蕊，都是鲜亮的橙黄色，一串串、一簇簇，如火焰般开在树上，远远望去，就如团团火焰，因而又得名“火焰花”。所以，有时候小朱会很得意地问问小朋友的生日花是什么花？很多小朋友答不上来。这时候，小朱就会很得意地告诉小朋友说：“我的生日花，是无忧花，像火焰一样的，是很漂亮的花，好开心的花。”

无忧花盛开时，整个树冠都被金黄色的小花覆盖，灿烂夺目，宛如搭挂在树上的僧人的金色袈裟。小朱对僧人没什么印象，小朱认为，满树的无忧花，开得更像一座座金色的宝塔。而未开花时，无忧树也自有一番情趣：当嫩叶刚出来时，由于叶柄柔软还无法支撑叶片伸展，所以，嫩叶都呈下垂状，再加上嫩叶原本的深紫色，细看就宛如一件被雨打湿了的僧人紫色袈裟。所以，无忧树，一直被称为披着袈裟的佛教圣树，据说释迦牟尼佛就诞生在无忧树下。相传两千五百多年前，在古印度的西北部，喜马拉雅山脚下（今尼泊尔境内），有一个迦毗罗卫王国。国王净饭王和王后摩诃摩耶结婚多年都没有生育，直到有一天晚上，王后在睡梦中梦见一头白象腾空而来，闯入腹中，王后才怀上孕。按古印度的风俗，妇女头胎怀孕必须回娘家分娩。摩诃摩耶王后临产前夕，乘坐大象载的轿子回娘家分娩，途径蓝毗尼花园时，感到有些疲乏，下轿到花园中休息，当摩诃摩耶王后走到一株开满橙黄色花的无忧花树下，便想伸手采摘无忧花，不料惊动了胎气，在无忧花树下生下了释迦牟尼。因为佛祖释迦牟尼在无忧树下出生，所以无忧树又称为“佛诞树”，与释迦牟尼悟道成佛的菩提树齐名。

又因为佛祖释迦牟尼诞生在无忧树下，所以还有这样一说：只要坐在无忧花树下，任何人都会忘记所有的烦恼，无忧无愁。爱花的老朱和我呢，就取无忧花的无忧与快乐之意，给小朱最美最快乐的祝福。

白云山好几处地方可以看到无忧花，能仁寺的“能仁古寺”牌坊旁有一棵，“无尘境界”碑刻前面也有四棵，还有麓湖公园的冼星海纪念馆旁也有数棵。白云山中最大的一棵无忧树种植在广州碑林《白云山赋》碑侧。相对来说，我们比较喜欢去能仁寺和广州碑林看无忧花。无他，只是觉得，广州碑林就在九龙泉的上边，相传九龙泉与仙人郑安期有关；而能仁寺是一座古寺，在这两个灵气之地，看有“佛诞树”之称的无忧花，似乎是最合适的场景。

在广州碑林和能仁寺的“无尘境界”旁倚着石栏杆看无忧花，又恰巧碰上下雨天，橙黄黄的无忧花，沾满了雨珠儿，一如小朱那天真无邪的笑脸，灿烂无比，可爱无比，快乐无比。此时此刻，老朱和我，那颗一直被

柬埔寨无忧花

大都市紧张生活牵绊着的烦躁之心，刹那间也卸下了困顿，变得清净与澄明。

因为喜欢花，我们外出旅行时，对花也有一种热切关注的情怀。一直以来，对我们家来说，外出旅行，其实也是一场看花花朵朵的旅行。因此，留下了很多旅行之中看花的美景与美好回忆。尤其是看到了小朱的生日花——无忧花，那情那景，就更是难忘了。

那是在 2009 年的 7 月底，我们一家到柬埔寨旅行。在柬埔寨金边皇宫的进门处，我们遇到了无忧花。遇见的刹那，小朱高兴地大叫起来："爸爸妈妈，快看快看，无忧花，我的生日花哩！"尔后，导游小伍告诉我们说，柬埔寨是个佛教国家，全民信佛，柬埔寨的无忧花，大都种在寺庙旁，皇宫是国人心中的圣地，皇宫里种的无忧花，自然就最漂亮了。

白云山上的无忧花，开在四五月，此时已是 7 月底，花季早已经过去了。而金边皇宫的无忧花却还在盛开季节。我们细看那无忧花，树干长得比我们在中国看到的高大，而且花形花色也完全不同。柬埔寨的无忧花，花瓣六瓣，花朵形状大小，有些像广州的木棉花，但花色不是广州木棉的深红，而是艳红，显得既朝气蓬勃，又青春焕发。盛开的无忧花，呈喇叭形，花中心呈粉白色球状，当球状展开时，便伸出一条条短短的黄嫩嫩的花蕊。整朵花，从外到内，形状分别为喇叭形和球形，花色则分别为艳红、粉白、嫩黄。不论是形状还是花色，柬埔寨的无忧花都开得非常有层次感，让我们看得满心欢喜。所以，当很多团友早早跑远去观望别的景观时，我们还待在无忧树下，看了好一阵，又"咔嚓嚓"拍了好一阵，才不舍地离去。小朱还一连感叹说："想不到，在异国他乡，竟然看到这么美的生日花，我真的太快活啦！"

我们参观柬埔寨皇宫时，正值上午，这是无忧花开得最灿烂的时候。导游小伍告诉我们说，柬埔寨皇宫里的无忧花，每天早上开花，午后就凋谢了，第二天再开，一年三百六十五天都有。哇哇哇！无忧花一年三百六十五天灿开，每天的烦恼都能丢掉啦，那真好！小朱快乐地叫道："那我们每天都很快乐啦。"是呀是呀，我们仨一起热爱花花草草，日子就像无忧花一样，无忧无虑，快快乐乐啦！

豆蔻：

笔补造化赋袅娉

“娉娉袅袅十三余，豆蔻梢头二月初。春风十里扬州路，卷上珠帘总不如。”——这是唐代杰出诗人杜牧离开扬州时为当地一位美丽的年轻歌女所写的一首《赠别》诗，诗歌里这样赞美年轻歌女的美态：“姿态美好举止轻盈正是十三岁多的年华，活像二月初含苞待放的一朵豆蔻花。看遍扬州城十里长街的青春佳丽，卷起珠帘的粉红黛绿们都没有比得上她的。”

因为大诗人杜牧用二月初正含苞待放的豆蔻花来比喻“娉娉袅袅十三余”的少女，言其年少而体态柔美，自此后人们便常以“豆蔻年华”一词特指十三四岁即将成年的美丽少女，而“豆蔻年华”这四个字也在文学作品里成为用来比喻娉婷少女的常用词。

看遍扬州城十里长街的青春佳丽，都没有一个比得上体态柔美如豆蔻花的歌女——因了诗人杜牧的这首《赠别》诗，我们对豆蔻花的美，有了无比的想象，想象着这花儿该有怎样的婀娜体态，怎样的俏丽花朵，怎样的纤巧果实。但是，等到在白云山见到豆蔻花的那一刻，真是大跌眼镜。

白云山是个灵秀之地，像豆蔻这种“娉娉袅袅十三余”的美花，当然也很多地方都有种植啦，比如，梅花谷池畔、山顶广场往双溪旅舍路段、鸣春谷天然鸟笼等都有小片种植，而在千尺嶝三晖亭周边及将军亭斜对面、健康路沿途却是大片种植了。最多的则是水库门进去后的竹苑，到处都有豆蔻。小朱说，都可以叫“豆蔻园啦”。

小朱还小的时候，我们一家经常喜欢走的是从白云山大门千尺嶝上山，穿过乌龟池，再前往健康路的路段。当时的健康路，还不是现在的水泥路，而是小小的黄泥土路，比较野趣。走在小泥土路上，小朱一边跟着我们背《三字经》《千字文》，一边时不时逗弄泥土路上的小花小草，或者就找找坡上坡下的树木昆虫。在走到健康路一小半时，小朱还发现了泥土路旁的一块石头掩盖着一个小洞，有小蜜蜂不停地绕着小洞进进出出，飞来飞去，小朱高兴地称它为“蜂巢”，还写了篇好玩的日记“天然蜂巢”。

健康路沿途都种植有豆蔻，尤其是到中段开始，坡上坡下都经常可以看到大面积的豆蔻。每当春天豆蔻盛开时，我们到了健康路中段，就不再背书，小朱也不玩泥土路上的小花小草了，而是专心致志地开始欣赏豆蔻花。

印象颇深的是，2008 年的春末，我们竟然在这健康路上的豆蔻丛里，遇到了一个金发碧眼的女子，当时这女子扛着重重的相机，正在聚精会神地拍豆蔻照片，好一个花痴！当时我们特惊讶，这金发女子是如何找到这段豆蔻林的？而且也敢一个人走这段不怎么热闹的路？可惜我们的外语实在太差，没办法交流，也只是互相点点头而已。不过，对于爱花人来说，语言不能交流也没什么要紧的，各自赶紧看美花，就是一种无比快乐的相遇啦。

看吧，豆蔻的外形有点像芭蕉，叶子很长，经常比我和老朱的手臂还长，更别说小朱的小手臂了。叶片也大，大得能给小朱的小圆脑袋当小伞，尤其叶片还是线状披针形的，小朱说，好像他们班上玩游戏后那些披头散发的女孩子。整株豆蔻还很高，有的竟高达三米。当花儿开始冒出来时，是一串串的，很长，大致有三十多个花苞，苞片乳白色，阔椭圆形，拥拥挤挤地垂挂在枝头上，显得壮观又结实。花蕾是白色的，花蕾口处，有粉粉的红，倒是很像女孩子的樱桃小嘴。等到花蕾灿开后，花的内壁是金黄色，呈椭圆形，整朵花开得厚实又大朵，花的边缘稍有点卷，花的中央则有向边缘放射的红色条纹，让花朵更显出了一种壮美。

除了花蕾口粉粉的有些像女孩子的樱桃小嘴，其他时候看豆蔻，从叶到花，

怎么看豆蔻都显得比较粗壮，都很难找出“娉娉袅袅”的样子。尤其是结果后，那果子扁球形，矮墩墩的，更谈不上“娉娉袅袅”了。看得我和小朱大失所望。我说，怎么看这豆蔻都应该是熟女，而且还是丰腴的熟女。不知道这豆蔻还有没有其他的品种，或许另外的品种才像杜牧说的“娉娉袅袅”的神韵？小朱不知道熟女是什么，但他说，这豆蔻一点都不婀娜不轻盈，就像他们班长得胖胖的女同学，可爱是可爱，但就是太胖了点，不如瘦一点的女孩子好看。

老朱喜欢花朵时间长，自然比我们更早就认识了豆蔻，他说，豆蔻有草豆蔻、白豆蔻、红豆蔻、肉豆蔻，而杜牧所说的“娉娉袅袅”的豆蔻，就是我们在白云山上各处都看到的草豆蔻。而后，老朱就讲起了“笔补造化”。我当然知道“笔补造化”是怎么回事，其来源于唐代“诗鬼”李贺所写的《高轩过》：“殿前作赋声摩空，笔补造化天无功。”那意思是盛赞韩愈和皇甫湜这两位唐代文学家，

“他们应诏在大殿之前作赋，声震天幕；他们的创作才能，可弥补宇宙自然所不足，可以说是胜似天功。”老朱通俗地解释给小朱听，自然界很多东西不一定那么美好，但是好的笔墨可以弥补自然界的不足，就像豆蔻其实并没真的美得“娉娉袅袅”，但杜牧却在这首《赠别》诗里把豆蔻写得姿态轻盈，这就是以美丽的诗文弥补了自然造化的不足，所以，你看，热爱文字，能写得一手好文章，是多么美妙的事情！

以前，我们和小朱说过很多次“能写得一手好文章，能让生活更享受”之类的话，但他却一直没什么感觉。这次小朱亲身体验到了粗壮的豆蔻，如何被诗人杜牧写得“娉娉袅袅”，可以说是真真实实地感受到了“笔补造化”的神奇魅力。这回小朱算是懂一些了，后来小朱也慢慢地喜欢写点儿文字，并且还曾写起了科幻小说。

最有意思的是，小朱还在他卧室的墙壁上贴了一张纸，纸上写着三句话——“生活是不完美的，梦也是不完美的，只有笔下的文章才是完美的。”2014 年 9 月开始，小朱去天津上大学了，但写着这三句话的纸条，至今还牢牢地贴在小朱卧室的墙壁上。相信，这种体悟一定会深刻地影响他一生！

禾雀花：

是花是鸟总怡情

禾雀花，又叫雀儿花，其花形酷似雀鸟，大小亦如禾雀。花开四瓣，花托似禾雀头；两旁各有一粒似眼睛的小黑点；正中的一瓣，弯弓似雀背；两侧的花瓣，卷拢似雀翼；底瓣后伸，如雀尾；花内还有一撮细长略弯的花蕊，像雀的“内脏”。盛开时，一串串吊挂在藤蔓上的禾雀花，酷似千万只禾雀叽叽喳喳地聚集在林中浓荫下，甚是热闹。清光绪年间新会棠下秀才陆宗宣，曾写过一首赞咏禾雀花盛开时热闹无比的诗——“是花是鸟总怡情，植物偏加动物名。异日群芳重作谱，新翻花样到天成。”

白云山孖髻岭往元下田路段（五雷岭山脚）有大片野生的禾雀花，因为是野生的，这里的禾雀花向上攀爬的本领非常强，能像巨蟒般盘绕在旁边的大树上，而后簇簇串状花穗，开满了整片山林。

每年三四月，正当禾雀花盛开期，从孖髻岭石阶走下后，都会看到右手边的树上挂有一块小牌，牌上写着“看禾雀花从此进。”其实，平常这条路并没多少人走，尤其是当初还是泥土路的时候，更是人烟稀少。直到前几年沿途很多地方被修成水泥路段，游客才多起来。尤其是在禾雀花盛开时，走这路段去赏花的人特多，一路上人们嘴里谈论的都是“禾雀花”。远远地还未到禾雀花前，就能很强烈地感受到禾雀花的浓浓气息了。当然啦，碰到的关于赏禾雀花的故事也多，最好玩的是有一年 3 月碰到的一个可爱大妈。

那天，从孖髻岭下来后，在去看禾雀花的分叉口，碰到一个不认识路的大妈，大妈说，她是第一次来这里，已经走了很远的路，就是想看看野生禾雀花长什么样子，有多好看！虽然看到有个小路牌，但她不知道还要走多远才到。我们说，你跟着我们走，大概还有三四十分钟的路程就到了。大妈很高兴，说还不算太远，然后便跟着我们一路走。

走到第一个弯道，大妈就问，到了吗？我们说，还得再往前走。每走一个弯道，大妈都会问到了没？我们也同样答还得往前走。走了七八个弯道，终于走到禾雀花的山坡前，大妈看了一眼，点了一下头，笑眯眯地说：“嗯，野生禾雀花，就是这个样子的，白中泛绿，很好看，很壮观，很野气，真的像禾雀。总算看到了，了却心愿了。”话刚说完，她掉头就从原路往回走，连照片也没拍一张，连花儿也没触摸一朵。当时我们一家三口都笑翻了——走了那么远的路来看禾雀花，大妈却只在禾雀花前待不到一分钟，真乃看花的神人哟！

看花，在乎的是心情，时间长短并无所谓，看一眼就满足，这也是一种看花的境界。

不过，有点遗憾的是，我们还很想告诉大妈，走过野生禾雀花林，前面不远处还有一处值得一看的美景。我们第一次发现这美景，不是禾雀花盛开的季节，而是在 2008 年的 12 月。

那天，我们仨第一次从孖髻岭往元下田方向走。走下孖髻岭后，发现沿途都是泥土路，甚为高兴。但因为第一次去，我们谁也不认得路，一路上遇到三四个岔路口，标志方向的路标又模糊不清，但很惊奇的是，竟然在每个路口都站着一个老阿伯在做健身运动，老阿伯很热情地告诉我们怎么走。我们按着指点，沿着泥土路往前走，一路上也没碰到什么人，绿树浓密，泥土路暗暗的，山风阴阴，我们仨走得胆战心惊的，老朱和小朱还各自找了根木棍握在手上。

终于在往下看到元下田山门时，我们才松了一口气，而就在此时，我们竟然就看到了路旁竖着一块石碑，上面写着——“广州市界，中华民国十九年立”。老朱说，中华民国十九年，那就是1930 年。哇！好有成就感哟！小朱更是高兴地大叫起来了——爸爸妈妈，我们竟然徒步走出当年广州市的地界啦！

因这次历险的经历，有好长一段时间，我们家一上白云山，就喜欢从濂泉门走到元下田山门，走得两腿发软，但走得满心欢喜。每当走过野生禾雀花林，我们都喜欢驻足一下，看看没开花时的野生禾雀花林，很安静，只有鸟儿的叫声，与花开时的喧闹，形成了截然不同的景致。后来，泥土路修成水泥路，人多起来了，我们兴致大减，一般也只在禾雀花开时，才会去看看野生禾雀花林了。

白云山还有两处赏禾雀花的地方，一处是在云台花园，一处是在山庄旅舍。山庄旅舍的内庭有很大一片白色禾雀花，绕着回廊攀爬而上，甚为壮观。还有餐厅的外墙上也有禾雀花，是紫色的，绕着餐厅的墙和回廊，灿开得密密麻麻的，远远望去，就像一团团紫色的祥云，在飞舞；待走近前一看，又如万千的紫色麻雀，在喧闹，在跳跃，在歌唱。相对而言，五雷岭下的野生禾雀花林，样子没那么大个，相对清瘦些，毕竟是野生的，没那么好土壤，但是野生的禾雀花，吸天

早前山庄旅舍的薜荔墙

地灵气，沐山川雨露，却也生机勃勃，野气十足。

茂密如云的禾雀花，开得虽美，但是我们心里却有隐隐的失落。早前，山庄旅舍的餐厅外墙上，攀爬着的是一株长势茂盛的薜荔，叶子密密麻麻，匍匐在墙上，活像凹凸有致的绿色墙纸，而且还经常能看到薜荔结出圆圆的果子。薜荔是一种非常古老的文化植物，我们最熟悉的诗句“若有人兮山之阿，被薜荔兮带女萝”就出现在屈原的《九歌·山鬼》。屈原赞美山中女神——身披薜荔，腰缠女萝。可见早在战国时期薜荔就已经以美好的形象和象征意蕴出现在世人的眼中。薜荔种植在山庄旅舍，自然更能给山庄旅舍增添一份文化气韵。

但，很可惜的是，2012 年 6 月，这株长势茂盛的薜荔被砍去了一半；同年 10 月，这株薜荔竟然已全被铲除，踪影全无。第二年的春天，就看到了紫色禾雀花盛开在当初薜荔繁茂的墙上。一声叹息，尤其是在大学里教授唐宋文学的老朱，更是惋惜不已。

五雷岭野生禾雀花林

其实，禾雀花在广州到处都可看到，白云山五雷岭下就有大片野生的淡绿色禾雀花，山庄旅舍的舍区里面，也有很茂盛的人工种植的禾雀花。而薜荔却是一种重要的文化植物，本来应该得到人们的高度关注，尤其是长势如此好的薜荔，在白云山上最好的就属山庄旅舍餐厅外墙的这棵了。而现在却是以人工种植的、广州又遍地开花的禾雀花代替了具有丰富文化底蕴的野生并且长势茂盛的薜荔，实在让人想不通，也实在让人看着惋惜和心痛。

薜荔不开花，没禾雀花开时那种壮观漂亮的气势；可能很多人也不知道，薜荔是从屈原开始就一直被古典文化人盛赞的传统文化植物，因而也没有文化的认同感。但作为景区建设者，光看到植物开花与否是不够的，或许还更应该多从文化的角度，去宣传文化植物的珍贵价值，保护文化植物的正常生长，让白云山上的植物，不仅可以以漂亮取胜，而且也不失文化元素，这就好像一个女子，只有美貌与智慧并重，才能在任何时代都风光无限。

杜鹃：

花中此物是西施

“立春一日，百草回芽。”吹过了几度料峭的春风，便会有春草吐绿；下过了几场淅沥的春雨，便会有春花绽红。高高低低的山上，春天往往会率先涌出一片深红、绯红、紫红……灿烂如火，鲜艳似霞，一簇簇，一团团，一片连着一片，一丛叠着一丛，轰轰烈烈，烂烂漫漫，锦绣成堆，直开得树红，山红，天也红。这便是春的使者——杜鹃花。

嘿，这写的是我小时候生活的粤北山区，在春天里开得“树红，山红，天也红”的杜鹃花美景，当然也一直特怀念这种美景。很幸福的是，在广州我们还有机会在每年的春天里欣赏到“树红，山红，天也红”的美景，那便是在广州的“市肺”白云山上。

白云山全山可散见杜鹃，而摩星岭“洞宾植树”塑像周边、云溪生态园的大红花园旁、明珠湖景区松风轩东侧的草坡等处都有成片种植，但种植得最大片，花儿开得最旺盛最火红的则是桂花湖边的坡地上。

每年的春天，雪白、粉红、绯红、紫红、深红，满山艳彩晃不定的杜鹃花，野气、随情、随性，恣意地绽放着绚烂，把桂花湖坡地开得树红，山红，天也红。

杜鹃花盛开的坡地旁有一个桂花湖餐厅，平常爬白云山，我们家不会选择在桂花湖餐厅吃午餐，因为从濂泉门赶到桂花湖，路程太远，往往赶到时已经快下午两点了，肚子早饿得贴背脊了。但是，一等到杜鹃花盛开的春天，我们家总会选择三几次到桂花湖吃午餐，那时候为了看杜鹃花，夜猫子的我也可以早早起，与老朱、小朱一起赶往白云山，一般中午 12 点过后就能赶到桂花湖了。

桂花湖露天餐厅就座落在四周盛开着的杜鹃花丛中，坐在餐厅里，随手就可以抚摸到一旁的杜鹃花，每当风吹过，经常会有杜鹃花瓣儿随风吹上餐桌，或落到我们的衣服上。因为食客众多，此时在桂花湖餐厅吃饭，往往要耐心等待。这时候，我们仨随情随景，往往喜欢唠嗑一些有关杜鹃花的趣话。

我就爱唠叨杜鹃花与“赛西施”。在我的家乡，村民都说杜鹃花是山间的精灵。于是，哪家的女儿生得漂亮，村人总爱这样夸：“你看，你看，她家的闺女精灵着呢，好看得像一朵杜鹃花哩”！在村人的心目中，好看得像杜鹃花的女子，其实就是西施一样的美人，不施粉黛，却有一种纯净的让人怦然心动的绝世之美。唐代诗人白居易的长诗《山石榴寄元九》就盛赞杜鹃花不似人间之物，应为花中的美女西施，芙蓉、芍药等与之相比，简直就是丑女嫫母：“山石榴，一名山踯躅，一名杜鹃花。杜鹃啼时花扑扑……闲折两枝持在手，细看不似人间有。花中此物是西施，芙蓉芍药皆嫫母……”有意思的是，后人还把其中的“闲折两枝持在手”等四句节选出来单独成诗，并冠于“赛西施”的诗题。以讹传讹，以致人们误以为白居易真的写过一首《赛西施》，并赋予了杜鹃花“赛西施”的美名。

每当我唠嗑完，老朱就朝着小朱问上一句：“你看，妈妈像不像杜鹃花一样美？”小朱嘴甜甜地应道：“像，很像，太像啦。”

老朱呢，会讲山踯躅。白居易的山石榴诗，还提到了杜鹃花的另一个别名——山踯躅。老朱曾经对“踯躅”这个名字的来历很好奇，因为它实在不像是一种花卉的名称。后来，查《本草纲目》，才看到对这个名字的解释：“花有毒，羊食后踯躅而死，故名。”不过，对踯躅花是否有毒，老朱并没有兴趣去考究，但对花名的来历倒是有一番诗情画意的猜想。老朱说，当初见到满山坡灿灿红霞的那个人，定然是惊艳不已，而且也一定是徘徊踯躅不愿离去，因此才会如此命名这花的吧！

当然，少不了的，老朱一定还会说到杜鹃鸟的故事。传说，古蜀国的国王名杜宇，禅位后隐居修道，死后其魂化作杜鹃鸟，为劝说继承他王位的昏君鳖灵体恤百姓，口里不停地叫着“民贵呀，民贵呀！”日夜悲鸣，口角啼血，鲜血滴入土中，染红了满山的野花，这花便叫杜鹃花，民间又称映山红。

一个传说造就了两个名字——杜鹃鸟和杜鹃花。杜鹃鸟哀怨声声，杜鹃花殷红如血，真算得上是至情至性的情结了。而杜鹃花与杜鹃鸟千丝万缕的联系，

往往也让诗人们既咏花也咏鸟，花鸟难分。唐代诗人成彦雄的《杜鹃花》“杜鹃花与鸟，怨艳两何赊，疑是口中血，滴成枝上花”，以及李绅的《杜鹃楼》“惟有此花随越鸟，一声啼处满山红”，便是咏叹了这一“啼血成花”悱恻哀感、至情至性的传说。

小朱呢，说他最喜欢的名字就是映山红，因为小朱喜欢看电影《闪闪的红星》，电影里有个很温馨的画面：《映山红》歌曲响起“……岭上开遍哟映山红……”，潘冬子做梦，梦见满山的映山红花开了，穿着军装的爸爸妈妈出现在映山红花丛中，潘冬子欢快地抓起一把映山红，奔向爸爸妈妈。

在长满杜鹃花的桂花湖餐厅，边吃饭，边唠嗑杜鹃花的历史文化，入情入境，杜鹃花清香，我们仨更是满心儿香香的。

满心儿香香的我们，饭后，往往又会再溜达一圈山坡，赏赏杜鹃花。这时

候，也挺好玩的，我们各自念叨自己喜欢的杜鹃花名。老朱说：“这丛山踯躅，开得好大朵哟！”小朱说：“看，这丛映山红开得最漂亮啦！”我说：“这丛长小斑点的‘赛西施’才最耐看呢！”长小斑点的是绯红色杜鹃花，我特别喜欢这种花色，是因为每当花盛开时，其中间的花瓣根部总会带有一些比花瓣颜色略深的斑点，嫣红中的这些小小斑点，很像外国电影童话中所看到的天使小姑娘鼻梁、脸颊旁那些调皮的雀斑，平添了些许的生动与灵气。

在杜鹃花丛中吃饭，在山踯躅花前诉说花儿的传奇，在“赛西施”花下谈古典诗文。一年年，我们仨沉醉在杜鹃花儿构成的艳艳春景里，再配上从树枝照射下来的暖暖春阳，只觉得，人们通常所说的春光明媚，再也没有比此时更恰当了！

木棉花：

浓须大面好英雄

“爸爸妈妈，绿绿的大草坪上，那个大圆圈里的花图案，是什么花呀？”

“是木棉花呀，那是我们广州市的市花呢！”

我们牵着还不到三岁的小朱的小手，一起去爬白云山。一开始去到可憩草坪时，我们都喜欢在此休息玩耍好一阵，因为整个白云山，最大面积的草坪就是这里。虽然草坪围了起来，人不能走进去。但是，看着这么宽大的草坪，心里却特舒坦的。而且草坪边上还有一段鹅卵石路，脱了鞋，踩在上面，脚儿被烙得有些疼痛，但很舒畅。小朱贪玩，总爱脱了小鞋子，摇摇晃晃地溜达在鹅卵石路上，一边溜达，一边看大草坪，觉得甚是好玩。所以，我们家都习惯叫可憩草坪为“大草坪”。

最初看到大草坪上用灌木丛修剪成的花图案，小朱甚是好奇，叽叽喳喳地问我们那是什么花来的？当小朱知道这是广州市花木棉花后，周末我们一家爬白云山，每当快到大草坪时，小朱总是欢叫起来：“爸爸妈妈，快点快点，大朵朵的木棉花，就在前面啦。”小朱看灌木丛修剪成的木棉花图案都能看得兴高采烈，不用说，当看到了木棉树上真正的木棉花时，那就更是雀跃万分啦！

白云山的鸣春谷入口、明珠楼游览区松涛小卖部前、桂花湖香浮绿浸亭旁、松风轩、摩星岭、双溪、云溪生态园、云台花园都有不少木棉树。每年二三月份，一朵朵火红的木棉花在一棵棵高大挺拔的木棉树上竞相开放，花色艳红如血，花朵硕大如碗。而木棉花还有个特质，先开花，后长叶。因而，硕大如碗的木棉花，色调一致地挂在几乎没有一片叶子的木棉树上，红得纯粹而又热烈奔放，为广州寒冷的春天，平添了许多温暖的气息。云台花园靠湖边，还有一树橙黄色的木棉花，虽然色泽不如红色那么耀目和奔放，但是满树花开时，橙光万道，倾泻而下，也着实壮观。

广东有句俗话——木棉花开，冬天不再来。那意思就是只要看到木棉花开了，温暖的春天也就来临了。每当到了木棉花开的时节，我经常也会很文艺地套用英国浪漫主义诗人雪莱的诗句抒情一下——木棉花已经开了，春天怎么会遥远?

虽然小朱在白云山上看木棉花的劲头十足，但木棉树长得实在是太高大了，往往高达十几米，有的甚至可达四五十米，实在让人望尘莫及。而且，木棉树还有一种特征——"鹤立鸡群"，即一定要长得高过周围的树群，以吸收最好的阳光，所以有"森林中的露头树"之称。

每次一说到木棉树这种"鹤立鸡群"的特征，老朱可高兴啦，因为小朱的名字叫"朱晴鹤"，原是取意于刘禹锡《秋思》里的诗句："晴空一鹤排云上，便引诗情到碧霄"。而小朱个头长得也真是高，从幼儿园开始个子就长得比很多同龄孩子高出一个脑袋，到后来小学毕业已经一米七五，初中毕业已高达一米八六，小朱的个头一直都是全班最高的，整一个"鹤立鸡群"样。因而，朋友们都夸赞说，老朱不愧是搞古典文学的，给孩子起名字都起得那么有好意头，怪不得小朱窜得老高的，一路"鹤立鸡群"。

小朱从两岁半开始和我们一起爬白云山，那时小朱的个子还小，以前看一些花朵，虽然不少也是长在高大树枝上的，但个头还算高的老朱跳跃一下，也能把一两根树枝抓住，拉下来给小朱看看枝头上的花朵。但木棉树高达十几米，当然连树枝都很难触摸到，更别说木棉花朵了。所以，看木棉花，我们都只能抬着脑袋，向上仰望——壮硕的躯干，顶天立地的姿态，再配上艳红如血的硕大花朵，就像英雄的鲜血染红了树梢一样，怎么看都很有一种大英雄的气度。而且木棉花从高枝上落下来时，也显得分外有豪气，很有一股英雄道别的气概——在空中一路旋转而下，然后"啪"的一声落到地上，还是很完整很艳红的一朵大花。

这感觉一点不错，木棉树还真有一个美名叫“英雄树”呢！英雄树上结出的花朵呢，当然就是“英雄花”啦！而最早称木棉为“英雄”的是清朝诗人陈恭尹，他在《木棉花歌》中形容木棉花“浓须大面好英雄，壮气高冠何落落”。自此之后人们就称木棉花树为“英雄树”了。而作为近现代革命策源地的广州，无疑就是英雄的鲜血染红的一个城市，因此早在1931年，木棉花就曾被定为广州市花。1982年6月，广州市人民政府再次将木棉花定为市花。

壮气高冠的木棉树，表面看起来，似乎与人很有距离感。但实际上，在广州，木棉树却有着极其亲民的一面——花朵入食能清热解毒，给广州人一份温淳的关怀。于是，春天的木棉树下，每有木棉花坠落，市民便纷纷上前捡拾，带回家清洗、晒干，然后用晒干的木棉花瓣泡茶，花蒂和大米、红豆、绿豆一起熬稀粥，吃起来清香极了，还可以清热解毒，驱寒祛湿。广州春天多“回南天”，潮湿阴闷，因此用木棉花瓣泡茶、煮粥、煲汤，就成为广州市民普遍喜欢的健脾化湿的“祛湿茶”和“祛湿汤”。

我早年在广州读大学时，舅舅住在文德路一巷子里。如果在春天木棉花开时节，我去探访舅舅，在长长的巷子里经常会看到很多墙头上晒着木棉花。而舅舅呢，也常常会做木棉花陈皮粥给我吃，有时候还会泡“木棉三花饮”，将干木棉花、金银花、白菊花洗净，加水煮沸，做茶饮，喝得满心暖融融的。也因此，木棉怒放，树下捡花，都被称为广州春天的两大妙景。每逢木棉花开的春天，经常站在木棉树下抬头瞭望花朵，看到木棉花从树上掉下来，就会和朋友们一起去捡木棉花。——这便成为很多广州孩子的童年写照。

老朱和我都不是广州人，我们的童年自然对木棉花没有这种生动的感知，但出生在广州的小朱就幸运多了——小朱的童年目睹过木棉怒放，虽然不曾在树下捡木棉花，但是小朱在树下玩木棉花絮，却是玩得不亦乐乎。

每年木棉花落后，树上便长出椭圆形的蒴果，成熟的果荚开裂，内里的卵圆形黑色种子连同白色的棉絮会随风飘落，棉絮有乒乓球般大小，落地后如球状般随风滚动，如同小雪球一般可爱。小朱就是在白云山上亲眼目睹过这种棉絮飞雪，而且也追逐过“小雪团”在地上滚动的美景。

入情入境的小朱，还写过一篇日记《六月飞雪》，读来颇有一番意趣：

虽然生活在热带的广州，但在三年级时，我却在这里看到了飞雪——

那是一个平常的日子，空气很闷热。老师刚刚喊声“下课”，就听到窗外一声声大喊“下雪啦，下雪啦……”我们赶紧往窗外望去，只见外面一阵阵白色的雪片从天上飘了下来，“呀喔！好棒哟！”“我们一起打雪仗吧！”同学们一边喊，一边蜂拥冲向教室外。

我抓起大把大把的雪，咦！怎么一点也不冷的？再一看，雪里还有一颗黑黝黝的小豆子。突然一个“雪球”飞到了我的跟前，抬头一看，是陆大侠陆跃辉，他手举好多“雪球”，正对我做鬼脸呢。于是，我便和陆大侠展开了“雪球”PK，我们两人很快成了“雪人”。再抬眼一望，操场上好多“雪人”在奔跑，好多“雪球”在飞来飞去。

玩得正高兴，上课铃声响了，“雪人”们一边往教室跑，一边忙乱着拍掉身上头上的“雪球”。但是，还是有好几个“雪人”顶着满头“雪球”跑进了课室，弄得全班同学哄堂大笑起来……

小朱的《六月飞雪》，写得好玩，很有童真童趣。一个孩子，看花看树，能看得那么情趣盎然，这真是难得的一种快乐。而我们家一年四季都在白云山上看花，就像广州碑林宝章楼右侧的一副对联所描绘的那样——“四面有山皆入画，一年无日不看花”。是的哩，四面环山的白云山美如画，而我们一年四季在美如画的白云山看花，那日子，当然是——快乐得美如画，美如花啦！

金杯藤：

金杯虽美不宜醉

第一次撞见金杯藤，是在桃花涧。

说来，我们一家子经常出入桃花涧，但几乎不在桃花盛开的季节进去，因为桃花盛开时，人潮涌涌。这种景象，对于经常爬白云山的我们来说，实在是喜欢不上来。所以，我在前面《桃花》一文中，说我们一家喜欢选择在桃花未盛开的季节逛桃花涧，自有一份难得的雅趣。当然，这样的雅趣，免不了也会错过一些漂亮的花花朵朵，比如说，金杯藤。

那是桃花谢落后的四月天，桃花涧已恢复到平常相对清静的景象，我们仨便悠悠然地拐进桃花涧去了。走到连理亭时，见连理亭上爬满了浓绿色的藤蔓，我们便坐在亭下小憩起来。就这么坐着的时候，断断续续总是闻到有一股香味，好像是奶油蛋糕的香味。风吹过来的时候，那香味就更浓郁了。于是，六只眼睛滴溜溜地转向四周，尔后，就听到老朱大喊一声："看，就在亭子顶上呢，很大很大的金黄色花儿。"我和小朱抬眼望去，真的是很大的花儿呢！不过，花儿只有十来朵，开得稀稀拉拉的，估计是盛花期已经过了。

正遗憾间，老朱又叫起来，看，对面还有一株同样的藤蔓呢！于是二话不说，直奔到对面的藤蔓下，只见藤蔓是直接攀附在一棵桉树上，爬得老高老高的。还好的是，虽然藤蔓上的花，开的也是稀稀拉拉的，但还有两朵是开在了不太高的地方，老朱手一伸，就把长着花朵的那根藤蔓枝条拉到我和小朱的眼前。

这花儿，金黄金黄的，大朵得实在太靓眼啦。从外形看，有点类似曼陀罗。

以前看曼陀罗时，觉得曼陀罗花很大，如今与这花儿一比，那曼陀罗就显得有点小朵了。曼陀罗的花，像倒挂的杯子；而这花儿，却是向上放，或者斜放着的大杯子。还有曼陀罗花的花口处，基本上都像螺旋一样卷曲着，文静羞涩，里面的花蕊儿也难得一见；而这花儿呢，花口处却大大咧咧地灿开着，花蕊儿看得一清二楚——金黄色花瓣裂开反卷，裂片中央有五处纵向深褐色条纹；五条细小的黄色雄蕊和一条粉色雌蕊，弯曲向上，伸出花杯，雄蕊顶部还顶着成团的黄花粉，而雌蕊的顶部则呈绿色圆头状。

我和小朱用手轻抚花瓣，粗粗的，还挺韧的。老朱用手摸摸后说，这就对了，花瓣韧韧，有牛皮的质地，这花估计就是金杯藤了。但四处找寻，也没看到花牌子。不过，老朱说是金杯藤，我和小朱相信应该没错，一是因为老朱是我们家的头号大花迷；二是金杯藤这名字还真挺形象的——那金黄色的大花朵，真的像一个个金色的杯子。晚上从白云山回到家后，赶紧上网查看，果真就是金杯藤，也叫金杯花，原产于中美洲，为常绿藤本灌木，因拥有钟形的金黄色大花朵，酷似一只金灿灿的大酒杯而得名。

也还真是与金杯藤有缘，下一个周末我们去云台花园玩，又见到了金杯藤，就攀附在玫瑰园旁边那架长廊上，廊架上开着金灿灿的大酒杯，还挂着有一小块署名“金杯藤”的花牌子。不过，廊架上盛开的金杯藤并不太多，想来，已是接近花季的末梢了吧。

虽然已近花季末梢，但欣喜的是，我们还看到有一些花蕾。花蕾长得很奇特也很好玩，是绿色棒槌状的硕大花苞，还有一个个小窝儿，我觉得好像人脸蛋上的可爱的小酒窝；而小朱却说，花蕾似《西游记》里天神们拿的武器；老朱呢，却觉得花蕾像个握紧的拳头。呵呵，小酒窝，天神武器，拳头，这金杯藤，还真闹腾得我们欢欢喜喜的。

等到来年的春天，我们当然不会再错过金杯藤的盛花期了。一月刚来临，我们就直奔云台花园和桃花涧而去。那时候，桃花才刚刚冒出花蕾，桃花涧里只有三三两两的游人，清静得很，我们可以很悠闲自在地欣赏攀附在桉树上的金杯藤花。当然，我们最喜欢的还是到云台花园的金杯藤长廊，看满长廊大朵朵的金杯藤花，随风飞舞；尤其是碰上下雨的日子，金灿灿大酒杯样的花朵上盛满了雨珠，雨珠随风在金杯上晃过来晃过去，愈发觉得像舞会上一个个盛满酒香的金杯。

想想呀，如果，用金灿灿大酒杯样的金杯藤花朵去盛美酒，喝上这么一大杯，那也该是——花醉，人亦醉！自有一番晏几道所描绘的“且醉金杯酒”的甜软风情吧！

想得是很美。不过呀，要是用这金杯去盛美酒，那可真不美妙哟。因为金杯藤除果实外，全株有毒，如果误吃金杯藤的花、叶，会瞳孔放大，手脚浮肿，步履不稳，产生幻觉。看来，金杯藤也还是印证了那句老话——太过美丽的东西通常是带毒的。

所以，有时候与太过美丽的花朵，保持一定距离，这才是最安全的状态。这就像人世间有些美丽的情感，也需要保持一定的距离，才能处于最好和最安全的状态。

黄花风铃木：

满树尽带黄金甲

白云山上有些植物，给人的感觉特有趣，就像个顽皮的孩子，一会儿在这里，一会儿又到了那里。如果是盆栽植物，这不足为奇，反正把盆儿东挪西挪，装点出不同的景致，让游客们有种新鲜劲。但，如果是露地栽植的小乔木呢，这就比较奇怪了，尤其是一些花开得极其灿烂的小乔木，被挪走后，就让人对它非常牵肠挂肚了，比如说，黄花风铃木。

说来，我们认识黄花风铃木，是在白云山可憩草坪的边上。从可憩草坪的左边往上走，有一段石阶，石阶旁还有弯弯曲曲的鹅卵石路，脱了鞋子，踩在上面，脚儿被烙得有些疼痛，但很舒畅。小朱小时候贪玩，总爱脱了小鞋子，摇摇晃晃地溜达在鹅卵石路上，一边溜达，一边哎哟哟地叫："疼死啦，疼死啦。"但一边喊疼，一边闹得不亦乐乎。常常走到一半鹅卵石路时，我们总习惯停下来休息一下。就在这当口，我们看到了紧靠鹅卵石路边有一棵小乔木，也就两三米高的样子，当时正值秋天，虽然绿叶满枝丫，但整棵树显得还是极其瘦削，感觉就是喜欢一个劲儿地拉长身材。我笑说，这树儿很有点骨感美女的气质。

令我们开心的是，这树上还挂有块小牌子，牌子上写着——黄花风铃木。我说：“黄花风铃木，这名字真的好好听，像个美女的名字。”老朱说：“有黄花，有风铃，这名字很有色彩感，音乐感。”小朱叽叽喳喳接话说，爸爸，黄花风铃木，真的会唱歌吗？

黄花风铃木会不会唱歌，老朱和我当然也不清楚，因为这是我们第一次在白云山上看到这树儿。但从此，长得有色彩感、音乐感的黄花风铃木，就吸引我们一家每当走到白云山的可憩草坪，必定选择从石阶和鹅卵石路走上去，上到一半时，再看看黄花风铃木。

从秋天看到冬天，又从冬天看到春天。终于，3月初开始，黄花风铃木就开花了，满树见花而不见叶，烂漫极了。远远望去，成片成片黄灿灿的花儿压满枝头，在花色满园的春光中，耀眼得很。等到近距离观赏黄花风铃木时，又别有一番艳丽和抢眼：花儿大都三五朵聚集在一起，形成一簇簇黄色花球，灿开在枝头上；每一朵花都呈漏斗状，形状还真有点似大风铃，花瓣有放射状的花纹，花缘有些皱曲；花色是很纯粹的金黄，没有一点杂质。满树尽带“黄金甲”—— 黄花风铃木，因为花色黄得纯粹，反倒艳得有一种令人眩晕的感觉。小朱可兴奋啦：黄花风铃木形状像风铃，风一吹，就会唱歌啦！

走过了可憩草坪，再往前走，能看到很多地方都种植有黄花风铃木，比如，离可憩草坪不远的一个山坡上、广州碑林云山荟茶座楼下、松涛小卖部对面山坡、孖髻岭沿途、云溪生态园大红花园附近及紫缘轩背后都有不少，花开得最密集的是从可憩草坪石阶上去后的那个山坡上，犹如金黄亮丽的花海，镶嵌在山坡中，抢眼极了。小朱说，这么多黄花，像黄金一样耀眼。后来仔细查看一些花书，看到说，原产于南美洲的墨西哥、巴西、阿根廷等国的黄花风铃木，还有一个别称，叫黄金风铃木。呵呵，黄金风铃木，这名字好俗，好艳，但也很贴切。

也就抢眼了两个星期的时间，黄花风铃木落了一地，短暂的花期谢幕而去后，树枝上挂起了细长饱满的荚果。很快，果荚向下开裂，种子带白色薄翅，有许多绒毛，掉落树下时，雪花花一片，别具韵味。

可憩草坪紧挨鹅卵石路边的黄花风铃木，仅有一株，虽然比起白云山其他地方的黄花风铃木，开得没那么有气势，但因为它是我们最早认识的黄花风铃木，而且这株黄花风铃木长得没那么高，能让我们很轻松就把漂亮的花儿看得一清二楚，因而一直以来对这一株黄花风铃木就有着一种别样的亲近和欢喜。但是，在我们亲近和欢喜了四五个春天后，这株黄花风铃木竟然就不见了踪影。

真是奇了怪了，这黄花风铃木被挪哪去了？小朱感叹说："我喜欢的三株银叶金合欢不见了，我喜欢的这株黄花风铃木也不见了，怎么我喜欢的树儿花儿都不见了呢？"

虽然黄花风铃木不见了，但经常地，我们走到可憩草坪，还是喜欢选择从石阶和鹅卵石路走上去。每当走到种过黄花风铃木的地段时，我们也常常停下来，忍不住发一下感慨，内容都大同小异，无非就是——想当年，这里有株黄花风铃木，开得好灿烂，现在，不知道被挪哪去了。呵呵，因为这株黄花风铃木，我们仨都成了“祥林嫂”啦！

也不知为啥，虽然在白云山别的地方也能看到不少黄花风铃木，似乎还不断增加种植，但我们却从来就没想过可憩草坪鹅卵石边的那株会被移植在这些地方。可能在我们的心中，都有那么一种执着的观念，总觉得那株黄花风铃木应该还在可憩草坪，这才是最理想的。

后来，小朱长大了些，对鹅卵石路不是那么有兴趣了。于是，每当走到可憩草坪后，我们就少从石阶而上，而是选择沿着大路拐个大弯而上。也就是在拐这个大弯时候，我们看到了黄花风铃木，认真数数，一共有十多株呢！哈哈哈，我们仨可高兴啦——这十几株黄花风铃木，想来应该有一株是从鹅卵石路那边移过来的。这么一想，每当到了可憩草坪，舍石阶和鹅卵石路，热衷走大路而上，就成了我们一条比较固定的线路。尤其是到了春天，走大路拐弯而上，金黄亮丽的黄花风铃木花海，漾得我们仨，黄花满身，更加珍惜金灿灿的人间三月天了。

还有一种风铃木，叫粉花风铃木。粉花风铃木的开花时间，比黄花风铃木早半个月左右，盛放时，一大片粉色云彩罩过来，倒也甚为养颜。但，粉花风铃木在白云山种植不多，只有西门的牛岭草坪集中种有几株，还有从明珠湖到白云松涛路段的沿途路段上，也偶尔见过几株散落在山坡上。因为少，又散落，所以粉花风铃木开得有些寂寞，不如黄花风铃木花一开，白云山满山坡金灿灿的，耀眼得很。

不过呢，粉花风铃木也有自己的耐看之处。黄花风铃木的颜色，是很纯正的黄，整朵花都黄了个透，层次感不明显；而粉花风铃木的花朵内壁，下半部是金黄色，上半部是粉红色，红黄相间，清雅靓丽，看得人的心情也青春了几许。

蜀葵：

花生奇态节节高

人间四月天，到白云山的云台花园游玩，刚一走进门口，满园红红粉粉的蜀葵花哟，直撞进我们的眼帘。

云台花园的蜀葵花都是重瓣的，花色俏，花朵很大，红红粉粉的花瓣，层层叠叠地环绕，边缘还有波状褶皱，倒也让大朵朵的蜀葵，不只是一味地显大，而是大得有了些灵动感。除了花朵较大之外，整株蜀葵花开得还很奇特。一般来说，植物的花开，多数都是开在树枝顶端的，但是蜀葵开花，却是一根树枝上从头开到尾。

蜀葵大概有两米高吧，枝干直立挺拔，没有分枝，像一根根箭一样伸向蓝天，就如现代文学家、新诗奠基人郭沫若在《蜀葵花》一诗中的生动描述："箭茎条条直射，琼花朵朵相继。由下而上，直射不倚，相继有序。"由于蜀葵每一根植株的花，都是从根到顶，次第开放，等花长到末梢，就形成了一串长花穗。这一点倒很像芝麻花，老朱说，若是把"芝麻开花节节高"换成"蜀葵开花节节高"，也挺合适的。等到盛花时，从头到脚或红或粉，仿佛一道密密麻麻的彩色屏障，颇有气势。难怪清代园艺学家、我国重要的园艺学古籍《花镜》的作者陈淏子，会如此称赞蜀葵——"花生奇态，开如绣锦夺目"。

"花生奇态，开如绣锦夺目"的蜀葵，还有另一层好玩的意趣。因为层层叠叠环绕的花瓣太密集，经常地连花蕊都被掩盖住了，往往还让人误以为蜀葵花是没有花蕊的呢。其实，蜀葵花的花蕊就长在层层叠叠的花瓣深处，要看到花蕊，还得经常拨弄开层层叠叠的花瓣，花蕊成筒状并包围花柱，上面长满了嫩黄色的花粉。呵呵，连开花时都爱把花蕊藏起来，这蜀葵花，也还真是够顽皮的，这还真像爱闹爱玩的孩子们的脾性呀！

顾名思义，蜀葵的原产地就在四川。我听一位四川朋友说过，每当蜀葵开花时，小时候的她就会和小朋友们一起玩蜀葵花。摘下几朵蜀葵花，先把花瓣一瓣瓣摘掉，最后剩下比较肥厚的花瓣基部，沿着中心把花瓣基部劈开，就有像胶一样的黏液，可以粘东西。小朋友们就嘻嘻哈哈地把花瓣粘在额头上，红色花瓣好像公鸡的鸡冠一样，小朋友们就学着公鸡的叫声，嘴里“喔喔喔”地叫了起来，闹得可欢了。

我这么一说，老朱和小朱立马就想实践一番。当然，摘树上的蜀葵花，我们不舍得。于是，便在地上寻找落花，很快就找到一朵看起来还蛮新鲜的落花，把花瓣摘掉，切开花瓣基部，还真是有黏液呢。但小朱已经进入青春期，没什么兴趣学公鸡叫了。于是，我们把花瓣粘上黏液，粘到手上，甩了甩，也没掉呢。后来，小妹和她七岁的孩子廖想来广州玩，我们带他俩一起到云台花园，看到红红粉粉的蜀葵花，我忍不住又讲起了额头粘蜀葵花瓣学公鸡叫这回事，廖想乐呵呵地捡起花朵，把花瓣基部的黏液涂到额头沾上花瓣，张开双手，张大嘴巴，“喔喔喔”地欢叫，一路走，一路粘，一路叫，快活极了。

花朵大的蜀葵，花名的别称也颇为壮观，洋洋洒洒有二十来个。老朱说，花名多，说明这种花很亲民，全国各地都很常见。而我最喜欢的是其中两个别称，一是棋盘花，二是一丈红。

叫棋盘花，是因为蜀葵开了花之后结籽，一粒粒紧挨着挤匝在圆形的籽盘内，极有秩序感，好像棋子摆布得方圆周正，故有此名。据说，一些地区的小孩子在玩游戏时就拿蜀葵扁圆形的果实直接当围棋子用。可惜，在云台花园，我们还真没怎么见着果子，虽然蜀葵的花季不短，能从春末开到初秋，但云台花园的花经常换来换去种植，往往花开过后，还没等到结果，就已经种上了新的植物。不过，后来我们一家去青海省东部的贵德国家地质公园游玩时，倒是

见到了很多蜀葵果，白的，黑的，真的像棋盘，长得方圆周正。

而一丈红这个名字，看似有点俗气，却透着一种古韵，而这种古韵还与日本使者有关。明人杨穆在《西墅杂记》中有一段关于蜀葵花的记载，明成化甲午年间，倭人入贡，见栏前蜀葵花不识，遂题诗留问："花如木槿花相似，叶比芙蓉叶一般，五尺栏杆遮不尽，尚留一半与人看。"据说，这便是"一丈红"别称的由来。

当然，从日本人的这首诗里，还可以看到有关蜀葵花的一个信息——长相跟木槿和木芙蓉花差不多。我和小朱刚刚看到蜀葵花时，也直感叹说，真的太像木槿和木芙蓉了。大花迷老朱却分得很清楚——蜀葵、木槿、木芙蓉都是锦葵科植物，在长相上自然有共同点，但不同的是，木槿和木芙蓉是木本植物，木槿一般是灌木，木芙蓉可以是大灌木也可以是小乔木，而蜀葵则是草本植物。

大花迷老朱懂的花多，我们仨在白云山上溜达，经常都是老朱对我和小朱侃侃而谈各类花事，我和小朱也都一直很享受老朱大谈花事的快乐。当然，我最快乐的是，看老朱和小朱站在花前，一边拍照，一边闲聊。每当看到此情此景，我眼前就晃荡过一首诗——“小圃秋光泼眼来，老人隐几兴愁哉。翩翩蝴蝶成双过，两两蜀葵相背开。”这是宋代著名文学家陆游在《秋光》中描写蜀葵怒放，蝶飞翩翩，爷孙俩尽情游戏的田园情调，闲适又淳美。而现在，站在蜀葵花前，指指点点，说说笑笑的老朱和小朱，不也是很闲适淳美的一幅田园情调吗？

想想，在忙碌都市的我们仨，因为喜欢到白云山寻花，十九年来，几乎每个周末都可以享受到如此闲适淳美的田园情调，这是多么难得的一种幸福呀！

水蒲桃：

绿白烟花团团开

水蒲桃，树型长得很高大，但它的花蕾、花朵、果子，却长得很童真童趣。这就好像一个大人，长得再高再大，也有一颗童心，所以，水蒲桃总是很讨孩子们的欢心。

我们家的小朱，小时候就一直特喜欢水蒲桃，尤其到了水蒲桃开始长花蕾的 1 月初（水蒲桃春冬皆开花，一年两次花季），到水蒲桃树下玩乐，就成了我们爬白云山的一大趣事。

白云山的桂花湖边，长着一大片水蒲桃，虽然平常看这树儿都长得老高老高的，但每到花蕾开始含苞时，靠近猫尾木旁的两三棵水蒲桃，枝丫却开始压低，尤其到了盛花时节，那树枝就压得更低了，连小朱也可以触到树枝，把花花果果看得一清二楚。

水蒲桃的花蕾，啧啧啧，我一看到，就忍不住吞口水。为啥？长得太像雪糕啦。每次一看见，小朱就直嚷嚷：“看呀，那是妈妈最爱吃的雪糕哟！”

说来，小朱和老朱的肠胃一直偏寒，基本上不吃雪糕之类的冷冻东西，而我的肠胃特别好，甜甜的雪糕一直是我的最爱。每到夏天，常有雪糕车开到华南师范大学，那雪糕是一箱箱卖的。小朱虽然不怎么吃雪糕，但特有爱心，每当看见雪糕车，就对老朱叫道：“爸爸，那是妈妈最爱吃的雪糕，快买一箱吧。”而我一整个夏天就被小朱老朱的爱心灌得甜腻腻的。如今，这个水蒲桃花蕾不仅样子长得和雪糕甜筒很相像，而且花蕾口还夹杂着绿色和淡紫色，小朱说：

“哇！那是双色雪糕呀！”

花蕾慢慢长大，口子也开裂了，便看到很多小花丝圈成团团儿，就像我小时候看到的奶奶手上终日不离的一个个圆圆的毛线团一样，很温情。毛线团慢慢地松开，花瓣呈伞状，无数的小花丝从伞下伸直，呈放射状灿开，像极了一朵朵绽放在空中的美丽烟花。“哇！这烟花花朵，真漂亮哟。”小朱快乐得直叫，“这朵，偏绿色一点；这朵，有点绿白色，都好好看呢！”我和老朱在一旁看着闹腾不已的小朱，笑得乐开了花。后来，小朱干脆叫水蒲桃是“烟花树”。

当烟花样的花朵谢落后，又有另一番好玩：花蒂留在树枝上，像一个个小小的铜钱，中间方的，外面圆，好可爱噢！尔后，果子慢慢地从钱眼里长起来，长成一个个青绿的球形或卵形果子，等到五六月份果子成熟变成淡黄色，用手轻轻摇一摇，还会听到里边的核“哗哗”作响。大花迷老朱说，水蒲桃果内有种子一到两颗，种子的种皮干化，呈中空状态，只有一肉质连丝与果肉相连接，可以在果腔内随意滚动，并能摇出声响，因此又称其为响鼓、风鼓、铃铛果。当果实出现这种“响鼓”的现象，则说明其已经成熟。

后来，我们在树下拾到一些刚刚跌落的黄熟果子，掰开看，一层薄薄的干干的果肉里面，真的滚动着一个大大的核儿，用矿泉水洗一洗，迫不及待地咬上一口，好好吃哟，甜甜，脆脆的，微酸，还有一股香味，难怪水蒲桃也被称为“香果”，还真是名副其实呀！

白云山还有一些地方零星地种植有水蒲桃，比如蜜蜂世界和竹溪。蜜蜂世界在西门入口处不远，里面有一株高大的水蒲桃，还饲养着一箱箱的小蜜蜂，还有各类的蜂蜜茶喝，这是孩子们非常喜欢玩耍的场所。为了喝上蜜蜂世界里的一杯蜂蜜茶，小朱从三四岁开始，从濂泉门进白云山，一般要走上六七个小时才能赶到蜜蜂世界。到达蜜蜂世界，闲闲地坐下来，美美地喝上一杯蜂蜜茶，蜜蜂嗡嗡在身边飞舞，一旁的水蒲桃花开得烟火般灿烂。碰上水蒲桃成熟的季节，小朱喝一口蜂蜜茶，望一下水蒲桃果，眼睛巴巴地希望能掉下几棵淡黄的果子下来。小朱说，蜜蜂世界里有那么多小蜜蜂在采蜜，那水蒲桃果一定比别的地方甜哩。每当有果子吧嗒掉下，小朱赶紧上前捡拾，用矿泉水冲洗一下，大口大口嚼起来，一边嚼一边说：“好甜哩，好甜哩。”真是好让人难忘的甜蜜蜜光阴。

老朱和我，则更喜欢竹溪里的水蒲桃。竹溪的两棵水蒲桃，就长在山涧旁，涧水边还有一个小木亭子。有山涧，有凉亭，有花果，一派恬淡的古朴意境。淡黄色的水蒲桃果，时不时地掉落，落到涧水中，落到涧边的青苔上。于是，拾起，用手摇一摇，果儿“哗哗”，在幽静的竹溪显得特别的响亮和清脆。再用清清的冰冰的涧水洗濯一下，放进口中，有种冰凉凉的感觉，再加上果子的甜、香、脆，感觉很消暑呢。

那一刻，时光漫漫，心情暖暖，笑声欢欢，此情此景，最恰当的就是这么一句——山中日月长。

炮仗花

红萼生辉迎晓日

“爆竹声中旧岁除”——这是北宋著名文学家王安石所写的《元日》诗歌中的一句。每年过年那段时间，一串串鞭炮噼里啪啦炸响，满地红红的鞭炮纸，这是早年很多偏远小村庄在春节里，用以辞旧迎新的一种最喜人的风景。

老朱和我，自小在山区和乡村长大，对这种喜庆鞭炮，再熟悉不过了，对于鞭炮的红彤彤模样儿当是了然于心。但1996年出生的小朱，成长在广州，大城市里早已禁放鞭炮，自然对鞭炮一点概念也没有。只有过年，回一趟老家，才可亲手玩一玩鞭炮，自然乐颠颠得很。对当时只有三四岁的小朱而言，老家就是一个可以玩鞭炮的地方，回老家就等于玩鞭炮，因此，每次回老家，小朱情绪热烈，玩鞭炮玩得兴高采烈。因为有老家鞭炮这种情结做底，所以，小朱在白云山上一看到炮仗花，当然也就特乐特闹啦。

白云山上的炮仗花，集中生长在桃花涧、桂花湖、松涛小卖部、伍仙桥门岗。这几个地方的炮仗花，长势都非常旺盛。每当一月刚刚来临，绿色的小花苞，便一个一个争先恐后地从密密麻麻的绿色藤蔓中探出头来，不久，小花苞变大变长也变黄了，成了一个个长形的花筒。小朱说，这长长的花筒有点像学校饭堂里供应的炸油条，不过没那么大，是微型一点的“炸油条”。

再过不久，微型的“炸油条”就真的“爆炸”了——在花筒顶端“炸”裂成五瓣花瓣，两瓣直立，其他三瓣裂成三角形，每瓣花瓣的中间都有一条明显的纵纹，三瓣花瓣全向下翻卷成一个半圆圈，略微低头看看，花瓣组成的一个圈儿一个圈儿，也是有趣得很。裂瓣后的整朵花，形状很像一个细长的小漏斗。

我觉得炮仗花整朵看起来，和松风轩门前的那一溜南非凌霄开的花还真是有些相似，两者都是橙红色，花形也是小漏斗，花瓣都是五瓣，其中两瓣直立，三瓣卷曲。但南非凌霄的卷曲，只是稍微有点向下卷，而炮仗花，却可以卷成圆圈。另外，就是两者的花瓣柔软度有差别，炮仗花的花瓣质感比较硬朗，更像结实的铜版纸，而南非凌霄的花瓣，则像宣纸，绵软得很。

从看花的势头上，南非凌霄，相对冷与静，一簇一簇，缓慢地开，有点少女的矜持；而“爆炸”后的炮仗花，却是轰轰烈烈，一挂一挂簇拥怒放，酷似一串串鞭炮，铺金堆锦般，看着甚是热闹喜庆，难怪炮仗花的花语是——富贵吉祥、好日子红红火火。

老朱说，炮仗花的花期较长，一般从年前的 12 月底开始绽放，一直持续到 4 月后才慢慢结束，盛开时间恰恰将圣诞、元旦、春节、元宵等传统佳节涵盖其中，从而将这些节日烘托得更加红红火火，可谓应时应景，备受青睐。

不过，我们一家青睐炮仗花，除了小朱玩鞭炮的情结，倒没有什么过多应时应景的心态， 我们喜欢的是看花，看炮仗花的不同美态。

松涛小卖部的炮仗花是攀爬在屋顶上的，而且，攀爬得好高骛远，几乎不往屋檐四周走，全部往旁边的大树上攀援而去，不仅整个屋顶橙红一片，连旁边的大树也一身橙色衣，开得浓烈的时候，简直就像一个橙色林子似的。不过有点可惜的是，因为此处的炮仗花，或长在屋顶，或挂在大树上，我们只能远看。虽然说再美的东西，如果只能远观，不能触碰，终是缺欠了点亲和的韵味，但炮仗花占据附近大树的树冠，橙色鲜花洒满枝头，倒也有一股难得一见的野气和豪迈。

桂花湖旁边的炮仗花是绕在一个小亭子上的，当橙色炮仗花簇拥开放时，便“包裹”了整个亭子，花儿随着亭檐垂下来，像是天然的花帘。但因亭子离

桂花湖有些距离，亭子坐落在一旁的平地上，到底离水较远，旁边又空旷，有点孤零，欠点山涧的灵气。

而同样是攀爬在亭子上，桃花涧的炮仗花就显得水灵多了。先是门口满棚顶的炮仗花，把桃花涧三个字映照得彤红。进入桃花涧后，还可看到一个长满炮仗花的长廊和两个长满炮仗花的亭子。长廊上的炮仗花，蜿蜒而去，如一条橙红的游龙在飞舞，颇有一番仙气。长满炮仗花的两个小亭子，都靠近水边，其中一个靠近涧水边，涧水清清，叮咚作响，一旁又是山坡地，草色青青，绿树成荫，炮仗花连绵不断地倾泻下来，整个亭子像极了童话世界的花房。小朱说，这好像童话里公主王子们住的漂亮房子呢。

更让我们欢喜的是，这个长满炮仗花的小亭子，有个很好听的名字——怡春。亭子里还挂有一副对联，上联是“红萼生辉迎晓日”，下联是“绿枝摇曳笑春风”。炮仗花还没开花时，绿绿的枝蔓爬满亭子，那就像一层层茸茸的绿帘，摇摇曳曳，满目绿意泼洒；等到开花时节，炮仗花橙红一片，轰轰烈烈，整个亭子熠熠生辉。待到落花时节，落在地上的一片片花瓣，就像节日燃放的炮仗那样，红红火火洒满山涧。置身这样的春景，真是十二分的怡人！

辛夷花：

紫粉笔含尖火焰

老朱在大学里讲授唐宋文学，不管在白云山上，还是在家里，经常嘴里会念叨起不少唐诗宋词，我和小朱听多了，也不甚觉得有什么稀奇的。

但有一年的春天，我们正溜达在白云山松风轩旁的小山坡上，大片辛夷花已经绽开了不少，深深浅浅的紫色重叠在一起，犹如一团团紫色烟云。此时，老朱声情并茂地念了一首唐诗："紫粉笔含尖火焰，红胭脂染小莲花。芳情香思知多少，恼得山僧悔出家。"

我听到最后一句"恼得山僧悔出家"，真给逗乐了，扑哧一声笑开了：这老和尚，都入寺庙多年了，沧海桑田，心当笃定了，还有什么花能让老和尚"恼得""悔出家"的呀？小朱也赶紧追问到，是呀是呀，爸爸，是什么漂亮花儿，让老和尚那么喜欢？老朱说：这是唐代大诗人白居易任杭州刺史，游灵隐寺时，见寺中辛夷花开得正好，写的一首调侃诗——《题灵隐寺红辛夷花戏酬光上人》，说辛夷花紫红娇嫩，好像少女脸上的胭脂，撩拨得出家人都动了凡心。

原来，"恼得山僧悔出家"的是辛夷花呀！而此时，我们正站在辛夷花树下呢，哇！赶紧赏花去！一边赏花，一边嘴里时不时地念叨"恼得山僧悔出家"，一家子闹得可乐啦。灿开的辛夷花，花朵大，花瓣厚，外紫内白，花形也很漂亮，有点像灯盏。含苞的辛夷花，有偏紫红的，也有偏粉红的，花苞大又艳，都挺抢眼的。还有一层灰褐色绒毛的花骨朵，也甚好看，很像一支毛笔的笔头，怪不得辛夷花还有个别称叫"木笔花"。小朱没用过毛笔，但还看过毛笔，所以，对于"木笔花”这个名字还能有同感。但再往后一批批成长在高科技时代的孩子们，电子产品已成为日常工具，小小年纪就是“手机控”、“电脑控”，毛笔这些传统文化元素，离他们已经越来越远，将来，也许连毛笔也很少能见到了，想来，要让他们理解“木笔花”，也得费上好一阵工夫了。

辛夷花，好看，而且花香也很好闻，不浓烈，不刺鼻，大大方方，很端庄的一种清香，近人宜人。既美，又香得端庄，难怪“恼得山僧悔出家”啦。

不仅山僧喜欢辛夷花，医家也很喜欢辛夷花，因为辛夷花能治病呢。据《本草纲目》记载，辛夷花善治鼻渊、鼻鼽、鼻疮及痘后鼻疮。而现代中医用来治疗急性慢性鼻炎、过敏性鼻炎、鼻窦炎等药，也皆以辛夷花为主药。至于民间，关于辛夷花治病，就更有一番传奇了。

相传，古代有一秦姓举人得了一种怪病，经常头昏头痛，鼻子流脓流涕，腥臭难闻，四处求医，均无效果，十分苦恼。有位朋友劝举人，不如到外地去求医。举人觉得有道理，便携家人出门去。但举人走了很多地方也没治好鼻病。后来，举人来到夷人居住地，遇见一白发老人，老人在一株落叶灌木上采了几朵紫红色的花苞，对举人说：“你每天早晚采几朵，煮着鸡蛋吃。用不了一个月，准能治好你的病。”举人遵照医嘱，连服半月，果然积年鼻疾霍然告愈。举人向老人要了些花药种子带回家去，种在房前屋后，遇到有鼻疾的人，就用此花药给人治病，都收到了显著疗效，举人也成了当地的名医。人们询问这种花药叫什么名字？举人没问白发老人，也不知道叫什么，但举人想，这花药是在辛卯年从夷人那里引来的，便答道：“辛夷花。”

可惜的是，2016 年之后，松风轩旁小山坡的辛夷花，竟然一棵都不见影了，也不知道是不是给移走了？好在，白云山的桃花涧、梅花谷、山庄旅舍都种有辛夷花。梅花谷和桃花涧的辛夷花长在空旷的地方，没有阳光遮挡，相对开得比较早。

每年 2 月开始，正是桃花涧的桃花盛开季节，辛夷花也开始灿烂起来。低矮的桃花，高大的辛夷花，两两相伴，显得热闹又热烈。再加上桃花涧里人头涌涌，于是，满树上密密匝匝的辛夷花，看起来就显得特别的雀跃喧腾，总让我们觉得张扬有余，却静雅不足。而辛夷花这个名字，听起来多么的阳春白雪，应该像王维《辛夷坞》里所说的那样——“涧户寂无人，纷纷开且落。”在青山翠涧里，纷纷开且落，洒脱淡泊，有种山中隐士的风范。而到山庄旅舍看辛夷花，无疑就有这种意境了。

山庄旅舍，最早名为月溪寺，曾改称月溪书院，后来毁于战火，1962 年在原址上建修成山庄旅舍，由著名建筑设计大师莫伯治以“藏而不露、缩龙成寸”的手法将山庄旅舍的庭院景物融入大自然。而山庄旅舍的游人极少，显得异常清静，当真是有种古寺的风范。山庄旅舍的中庭花园水岸边有一株辛夷花，每年春天，便有大朵大朵的紫红花苞端坐枝头，犹如一个个大家闺秀，既宁静，又端庄。而辛夷花还有一习性，众花齐放，一败俱败，半瓣不留。于是，每当风吹过，花瓣纷纷飘落，宛如一阵阵的“辛夷花雨”洒下，氤氲出一种更静谧的意境。

据《岭南奇舍：一座山庄的传奇》（邝云弘主编）介绍：“山庄旅舍中庭花园之西水岸边的这株玉堂春是辛亥革命那年栽种的，距今已经超过一百年。只是现在无法考究一百年前的它是从何处来，又是何人在什么样的情况下栽种的。”这就奇怪了，不是说辛夷花吗，怎么又成了玉堂春？说来，辛夷花与玉堂春，花朵长得几乎一样，很容易混淆，两者最大的不同在于花色，辛夷花瓣外紫而内白，而玉堂春花瓣几乎全白。确切地说，《岭南奇舍》里所说的这株开紫红花的，不是玉堂春，而是辛夷花。

不过，花名弄混，也没什么要紧的。最要紧的是，春暖花开，人随春醉，阳光正好，近人且宜人的辛夷花香也正好，而浸染着辛夷花香的时光，更是恰当美好。

绯寒樱：

绯花似梦樱满园

最早看到绯寒樱开花，是在初冬，牛岭草坪上。

牛岭草坪，位于白云山西门入口旁，面积四万多平方米，是广州市为数不多的全天候开放的草坪之一。原先草坪上基本没种什么树，近几年才陆陆续续种上了一些树种，2012 年春天，则种上了大片大片的绯寒樱，成了一个颇有气势的绯寒樱园。

那是 11 月下旬，我们一家子从西门进入白云山，刚进门，就看到牛岭草坪上那光秃秃一片叶子也不见的绯寒樱树，竟然零星地绽开了些花朵，多的一树上竟然有二三十朵。这真是奇了怪了。绯寒樱不是春天才开花的吗？你看，树上竖立着的一块小牌子，这样写道：单瓣绯寒樱（蔷薇科），落叶树种，开花时花瓣朝下呈吊钟状，故又名钟花樱，原生于喜马拉雅，分布在我国南部和台湾地区，花期为 2 月上旬至 3 月中旬，是花期最早的樱花品种。

老朱说，广州是花城，四季飞花，花儿开得不按常理，也很正常的。我则笑说，绯寒樱——开在寒冷的冬天的红色樱花，这名字，倒是很贴切。小朱催促道，老爸老妈，你们俩就别再文绉绉了，我们赶紧去看看不按常理开花的绯寒樱去吧。

绯寒樱开花时的形态，一如小牌子上所写——花瓣形状貌似钟形，呈半开状低垂。花色绯红，花蕊很多，花单瓣，很小朵，每一根细长的花梗上一般都缀着三五朵绯寒樱，就像一个个串着的小长铃铛，好像一群孩子排排坐，在阳光底下晒太阳似的。或许是因为看多了大朵朵的花，此刻觉得这小巧玲珑如小风铃般的绯寒樱，恍如邻家爱闹爱玩的小姑娘似的，特别的亲切特别的可爱。

自从看到绯寒樱开花，随后的几个周末，我们上白云山，都从西门进入，为的是先看看绯寒樱的花开得怎么样了。当然，绯寒樱也没辜负我们的一片好意，越开越多，很多之前没开花的绯寒樱树，也逐渐挂上花朵了，甚至有的树上已经挂上五六十朵花了，显得茂盛起来。老朱说，看来，这绯寒樱在广州，应该是属于冬天的花，现在才 12 月初，就开得如此像样了，花期再长，也不过两个月吧，等到春天来临，绯寒樱或许已经花败了。我说，这绯寒樱赶圣诞节呢，花朵像铃铛，那是铃儿响叮当，给孩子们送礼物的节奏呀。小朱笑哈哈的，那我就收大礼物啦。

只是，刚说得好好的，天气突然变冷了。降温后的第三天，正值周末，我们再从西门上白云山，看遍一大片牛岭草坪上的绯寒樱，竟然连一朵花儿都没有，树上没有，树下连一片花瓣儿也没有，想来早在降温时，花儿就掉完落地被风吹跑了。说来，绯寒樱有一个很有趣的特点，不像日本樱花花瓣娇嫩，一般边开边落，绯寒樱花瓣与萼片连接得很紧，可抗风雨，一般的小雨冲刷也不会落花，即使落花也是整朵花“抱团”落下。这“抱团”落下的绯寒樱，果真干脆利落得很呀，一朵不留。

我说，还绯寒樱呢，原来一遇到寒冷，就躲藏起来了，这花的习性，还真那么的善变呀。老朱说，看来，这绯寒樱，应该是开在寒冷早春的红色樱花。

果真如此，等到来年的二月开始，牛岭草坪上的大片绯寒樱，全部盛放美姿，一树树宛如云霞，微风吹过，似乎能感觉到耳边叮当作响。而且，成片绯寒樱林的花期，有整整一个月，比日本所谓的“樱花七日”花期长多了。一边看树上开成如长串铃铛的绯寒樱，一边看“抱团”落下的绯寒樱，这样的春日，倒也明媚无比。

绯寒樱还有一个别称——山樱花。关于这山樱花的来历，流传着一个与乾隆皇帝有关的故事。

相传，从前，有一对夫妻住在山林里，男耕女织，过着与世无争的安定日子。屋后的山上长着几十株山樱花，每到花开时节，满山花团锦簇，红艳似火。有一年，山樱花又开了，从山外来了一群衣着鲜亮的游客。原来那正是下江南私访的乾隆皇帝。乾隆帝久居深宫，走不惯崎岖的山路，只顾贪看山水景色，不慎摔进了深山峡谷。那对夫妻正好看见了，连忙把受伤昏迷的乾隆帝抬到山樱树下。此时一阵大风刮过，树上红艳艳的山樱花撒落下来，盖在乾隆帝身上。不一会，乾隆帝竟奇迹般苏醒过来，身体的伤痕也不见了。乾隆帝感谢山中夫妻的救命之恩。夫妻却说，是这棵山樱树的花救了你的命。乾隆帝抱着大树，连连称赞说：此树救苦救难，有王者风范，不愧是树中之王啊。从此，人们称山樱花为花树之王。

说风流，中国人总喜欢扯上皇帝老儿。所以，这山樱花的风流花事，也当不得真。不过，把山樱花与皇帝瓜葛在一起，倒也为山樱花增添了一定的富贵气息。这倒是我们这些逐花之人爱花之人所无法赋予山樱花的一种风流吧。

瓦松：

翡翠容颜鸳鸯色

春天的一个周末，上白云山，走过摩星岭，很快就到了龙虎岗，于是我们决定再次挑战龙虎岗。在这之前，我们已经爬过四五次龙虎岗，但每次都迷路，因为岔路特别多，结果每次钻出龙虎岗，到达的都是不一样的地方。我们仨打趣说，看看这一次会迷路到何处出去。

一路走，左拐，右拐。右拐，左拐。拐来拐去，没路了，还手脚并用地爬了一阵，才钻出林子，回到小小的泥土路上。索性也不想那么多，随心而走，弄得满身落叶，两个小时后，终于钻出龙虎岗，看到了一条下坡的水泥路。这条水泥路，我们曾经走过，应该是通往云山茶庄的，这次总算没拐错方向啦。

我们拍拍身上的落叶，嘻嘻哈哈下坡而去。不久，便看到了一些低矮的水泥房子，这些房子以前也见过，很古旧，一般是一层的，最多也只有两层，墙壁是灰黑色或者暗绿色，布满了斑斑驳驳的裂纹，偶尔有一些住家，住着老人和孩子，还养着有狗，倒也构成了一幅很温润宁静的画面。我们很认真地看了看房子门前，写着红色大字“白云山明珠楼管理处晨曦清洁部”，而且斑驳的墙上还有“5-101A”、“5-102”等门牌编号，有些门上还贴有倒“福”、一帆风顺之类的祝福画，愈发暖意流淌。

这古旧的房子，这温润的画面，我们以前见过好几次，所以，也没怎么上心，依然晃晃悠悠地往前走。走没几步，突然地，老朱的大手往左边一指，兴奋地喊：“瓦松呀！开花了！广州竟然也能见到瓦松！”

我和小朱顺着老朱手指的方向一看，哇！低矮的屋顶上，真有一团橙红紫红的小花。二话不说，齐刷刷奔向前去，再一细看，每一朵花儿如小手指般大小，未灿开时，绿中带紫，安安静静；灿开后，每一朵花裂开成四瓣，热闹喧嚣，几十朵挤挤挨挨在一起，更是喧嚣得花团锦簇。毋庸置疑，这真的是瓦松花呀！于是赶紧咔嚓咔嚓拍个不停。

其实，我们之前走过这个地方好几次，却一直都没有注意到有瓦松呀。老朱说，那是因为瓦松太不出众啦。

的确，瓦松长得太普通啦。瓦松，就像它的名字一样，是一种喜欢生长在老房子瓦顶的植物。初唐文学家崔融的《瓦松赋》就很生动地点出了瓦松长在屋顶这一鲜明个性："崇文馆瓦松者，产于屋溜之上……俗以其形似松，生必依瓦，故曰瓦松。"

长在屋顶的瓦松，样子不出众，身材还单薄，"高不及尺，下才如寸"。这样一种高不到三十厘米，矮不到三厘米的瓦松，不开花时自然就难以吸引人往屋顶看去。当然，还有一个习惯看法，总以为瓦松应该长在瓦片顶上。而白云山上，哪来的瓦屋呀？也因此，虽然我们经常在白云山上溜达来溜达去，但从来就没与瓦松相遇过。

而这一次，瓦松开花了！花儿艳得花团锦簇，完全吸引了我们的目光！我们终于在恰当的时间撞见了瓦松，当然一眼就认出来啦！套用作家张爱玲的说法，那便是——于千万年之中，时间的无涯的荒野里，没有早一步，也没有晚一步，刚巧赶上了！

这说法文艺得虽然有些矫情，但有一点事实是真的，瓦松的确是一种有着久远历史的文化植物，从唐代开始就有诗人文学家歌咏过它，如今穿越了千年，依然在白云山的房顶，长呀长个不停。而且，要知道，这低矮的屋顶，是铁皮做的，瓦松依然能绵延成片，茂盛得好似一片郁郁葱葱的"森林"，蔚为壮观。但花儿就长得节制多了，整片铁皮瓦顶上只有这一小团。于是，小朱和我，对着一小团瓦松花，兴奋地从各个角度拍拍拍。

在毫无准备的情况下，突然就与瓦松来了场偶遇，这让爱花的我们，心思思地想着，白云山别的地方也许还会长有瓦松吧。果然如我所愿，后来我们又在明珠楼管理处办公楼附近的低矮水泥屋顶上，再一次撞见了瓦松。这两次与瓦松的奇妙相遇，让我们高兴地注意到，从前只是长在瓦屋顶上的瓦松，如今却可以长在铁皮屋顶，长在水泥屋顶。可见瓦松适应环境的能力多强呀！

瓦松属于景天科植物，叶片和植株都有些肉墩墩的，模样有些像南北美传来的芦荟之类的植物，因此，很多人都以为它是外来植物。其实，瓦松是地地道道的中国本土植物——早在唐代就成为文人歌咏的对象。

但好玩的是，唐代的诗人文学家们歌咏瓦松，都喜欢夹带着一些揶揄的口吻，其对瓦松所体现出的文化意蕴，带有极其复杂的情绪。

唐代诗人郑谷的《菊》以瓦松和菊类比："露湿秋香满池岸，由来不羡瓦松高。"郑谷说，长在池岸边的菊花，从来不羡慕长在高高屋顶上的瓦松，因为菊花虽生长在沼泽低洼之地，却高洁芳香；而瓦松虽盘踞在高高的屋顶，实际上没有什么大用。

另一唐代诗人李华的《尚书都堂瓦松》，在最后也来了一句"宁知深涧底，霜雪岁兼封"。在中国传统文化中，"深涧底"代指松树。诗中用松树反衬瓦松，说瓦松哪能知道深深的山涧底下，霜雪封锁的松树们生活得多艰辛呢。但诗人对瓦松倒还是有一番赞美的："影混鸳鸯色，光含翡翠容。"想象一下，瓦松的"鸳鸯色"、"翡翠容"那该有多美呀。

虽然唐代诗人认为自然界的"无名小卒"瓦松比较取巧，喜欢寄生在高高的屋顶，比不上青松和菊花那么朴实和傲岸，但是瓦松还是有很多实际用处的。比如说，瓦松全株可以入药，唐代中药学著作《唐本草》和明代李时珍的《本草纲目》都对瓦松青睐有加,《唐本草》记载瓦松可以“治热毒酒积,肠风血痢”,《本草纲目》记载瓦松可以“主治小便沙淋、通经破血、头风白屑、汤火伤和恶疮。”

千年以来,瓦松依然默默地生长在老屋旧宅之间。虽然模样单薄,开花后植株萎谢,但来年春天靠种子繁殖的瓦松,又长出了千株万茎。如今,竟然连现代的铁皮屋顶和水泥屋顶都能生长,更见其生生不息的独特气质。而这种气质,也正是我们庸常人生极其需要的气质。或许这也是一讲起瓦松,总让人升起一种喜欢之情的原因吧?

我曾经在微信公众号中写过一篇《穿越千年,唐诗里的瓦松经常撞进我们眼帘》的文章,很多朋友读后给我留言,满满的都是回忆,都是暖暖的爱与感动——

佩明:真怀念,看到小娴姐的文章才知道这种植物叫瓦松,小时候的家是瓦房,上面有很多这种不起眼的植物,小时候不起眼的东西长大后竟有些念念不忘,怀念的不是瓦松啊,是童年,是老家。

卷卷:瓦上的松,名字很别致,它的生命力很顽强,落地就生根,它的叶尖上的“种子”飘落到哪里,哪里就是它的家。这是一种随遇而安又谦卑的植物。然而这又是一种有个性的植物,她会在她的生命历程中选择一个喜庆的日子,迎着春风,在瓦上热情地绽放,活出自己的尊严。至少,童年的记忆中,我看到的那一片瓦松是如此的。

吴锦华:呵!今天才知道它的名字叫瓦松。阅读这篇美文,是否感悟到我们的身边从来不缺美丽,缺的只是能否保持一颗纯真的心,从平凡中对美的执着追寻、领悟和发掘,而不是熟视无睹,轻轻错过?

钰:浙江永康的朋友说他们叫这种植物“棒叶不死鸟”,真是个形神兼备的名字!

彭泽悠悠子:潮汕的老屋顶上,颇是常见,是美丽风景之一。

划船:看到这篇文章,就想起老家淡红色瓦房,而我儿时最大的梦想就是能爬上屋顶,像只悠闲的老猫那样在瓦松丛里穿梭自如。

萧萧：瓦松，在我的记忆中更像是乡村房子披在身上的一面带羽的绿蓑衣，在苍茫乡村没有开始也没有结束的雨的清气里漂浮。不惹眼，却美得足够惊心。

路人：瓦松原来就在身边。低调、静寂，内心装着春天，却不与百花斗艳，这种境界谁人比拟。我们的生活轨迹也如此，就是高人！

江楠枫：小时候，我们其实是在盆里栽种的，不知道该是什么名字，小伙伴们都叫它“泥鳅花”，肉肉的那一根根不知道是叶子还是叶柄的东东，有点像泥鳅。

芦荟：

盈盈摇曳妙龄女

2015年春分前一个星期，我收到了一份邀约：“在春分的时候，到芦荟山谷一游吧！那里有光,有酒,有芦荟花……”这是诗人黄礼孩发来的春光请柬——去增城山水田野芦荟农场，赏“山谷里的诗歌”艺术诗会。

在芦荟田里，芦荟花海里，触摸春之美色，只是轻轻想象一下，也感觉那定是即将发生的一场美妙又迷人的相遇。

当然，有光，有酒，有芦荟花，这三个意象里，最吸引我的，无疑就是芦荟花啦！

我喜欢花，但我从没见过“芦荟花”。以前，每当听到我不认识的花名，我必定是迫不及待地翻花书或上网查查，看看此花的颜色和模样到底长成了什么样儿。但是，如今听到芦荟花这三个字，却没有想立刻去看看它长得如何的欲望。不是怕花不美，而是想给自己预留一些想象的空间。

以前，我在家里的小阳台上也种过芦荟，对芦荟也算是熟悉了，大体也知道“芦荟”名字的来由：“芦”字原意是黑的意思，“荟”则是聚集的意思；因为芦荟的叶子的汁液是黄褐色的，遇到空气会氧化成黑色，因而取名芦荟。

芦荟的绿叶子胖乎乎的，带刺儿，还带白色斑点，但我从不曾看见开花。所以，我对芦荟的那份感觉，有点像是小时候的玩伴一样，其实挺熟悉她们胖乎乎的脸蛋，但当玩伴长到二八年华，我却再没见过她们开花的俏模样。预想一下，二八芳华时，来一场面对面的相遇，应该会有些意想不到的惊喜吧。

说来真是凑巧，春分前两天，我和老朱一起爬白云山，竟然在白云山的创意农艺园抢先看到了芦荟花开，这可是我们第一次看见芦荟开花呢！好奇怪哟，这芦荟是什么时候种的？说来，自从 2012 年创意农艺园开园后，我们周末爬白云山，经常会到创意农艺园溜达溜达。可最近几个月，总有事情忙碌，每次上山都匆匆忙忙，因而也无暇顾及创意农艺园了，再加上农艺园的花花朵朵，经常随季节换来换去，我们自然会错过一些花开。但想不到这么久没光顾的农艺园，竟然给了我们一个如此大的惊喜。

一边惊喜，一边数数芦荟，有七八棵哩，从片片伸张着的丰腴肥厚的叶子中间挺拔出一杆杆高高的花秆，秆上缀满了大半截橘红小半截青绿的穗状芦荟花。相比胖乎乎的芦荟叶子，这芦荟花秆倒是显得纤瘦多了，有种亭亭玉立的风范。这感觉很不错！女大十八变，与二八芳华的芦荟相遇，芦荟花儿全都蜕变成流行的骨感美女啦。风一吹，一杆杆的穗状芦荟花，仿佛披着一身绿纱的妙龄少女，盈盈摇曳，婀娜又靓丽。

再细观之，一杆杆的芦荟花，层层叠叠的花朵，形状如圆锥形塔，铺排着自下而上聚拢。每个花朵儿，呈筒状，小小巧巧的，好像一个个婴儿的小手，嫩嫩的，可爱又水灵。刚长出来的花，是翠绿色的，待花口张开，吐出黄色的小花蕊，整朵花儿就变成了橘红色，微微低垂着，一副娇羞的邻家女儿样。由于整秆花朵儿是自下而上开放的，所以，放眼望去，一杆杆的穗状芦荟花全都是很整齐的下红上翠的娇美样儿。挺有意境的是，长筒状的芦荟花，其花蕊，是一种微吐的状态，就如同一个女儿家，红唇轻启，似开未开，娇羞迷离，让人沉醉，生发无限的遐想。

一边沉醉遐想，一边激动地把芦荟花图片，发给远在天津上大学的小朱。小朱说：爸爸妈妈，好幸福的一对花迷哟！又不无惋惜地说——可惜，我至今都还没亲眼看到芦荟花开。

两天后，春分到了，与一帮诗人前往山水田野芦荟农场。下得车来，一看，四周是山，山谷的盆地里，是零星的低矮房子，大片大片、一垄垄绵延不断的芦荟田，田里升出一秆秆绿莹莹的芦荟。

嘿！山水田野芦荟农场的芦荟，与白云山创意农艺园的芦荟长得不太一样。白云山的芦荟，是橘红色的；而芦荟农场的芦荟，则是绿中泛黄，一秆秆的穗状芦荟花全都是很整齐的上翠下黄的娇美样。虽然两地的芦荟，气质都尽显娇美和婀娜，但白云山在大都市广州，其山上的芦荟，娇美婀娜中透着大都市的色泽——橘红中添了一份靓丽。而芦荟农场在增城的山谷田野里，山清水秀，吸天地雨露，绿莹莹中微带点淡黄，更显一种清雅气质。尤其是，如此大片大片的芦荟田里，排山倒海而来的绿莹莹，把整个山谷撩拨得春情漾漾，诗情漾漾。

我整个人儿，陷入芦荟花海里，手拿相机手机，兴奋地对着花儿拍个不停。同行的诗人、被誉为有古典美的诗人林馥娜说："小娴一看见花，就醉了。"还真的是醉了，一边拍花，一边捏捏吐蕊绽放的芦荟花，满手都是甜腻腻的花蜜，蜜蜂儿、蝴蝶儿绕着花转，绕着手儿飞舞。整个人就犹如芦荟田里亭亭玉立的绿色芦荟花，迷离，曼妙，妩媚。尔后，聆听过芦荟山谷里的诗歌，走弯弯的田埂，穿弯弯的小溪，去探访芦荟山谷里的居民。然后，在山谷里芦荟田里，摘甜腻腻的芦荟花。

我把芦荟花带回家，说要用芦荟炒鸡蛋。错过看芦荟花田的老朱，疑惑地问："芦荟花也能吃，真不知道哩！"我说："很好吃呢，我在芦荟农场吃过了。"老朱说："那还等什么，赶紧动手。"于是，快快用清水，轻轻冲洗好芦荟花，再拌上鸡蛋，点上中火，清炒一番。上桌，黄澄澄绿莹莹一碟，色泽好诱人。吃上一口，满嘴飘香。一大碟芦荟花炒蛋，很快吃光光。

春分，是春天的开始，到芦荟花海里，听山谷里的诗歌，看山谷里的居民，摘山谷里的芦荟花朵，吃香香的芦荟花炒蛋。这样的春分，真真是——花香盈袖，诗意流淌，浪漫满怀，美味满心。

后来，我把山谷里赏芦荟花的情境以及吃芦荟花炒蛋这道美味发上微信，朋友们的点评，讶异又艳羡——“芦荟花，头一次见”；“好奇特，很少人见到芦荟花开”；“哇！以前只知道芦荟花可以美容，没想到芦荟花还能做菜吃呀！”……

的确，芦荟，少见花开，这是一种常态。就像我，也是在2015年的春分前夕，才在白云山的农艺园里首见橘红色的芦荟开花；尔后，又在春分那天，到山水田野芦荟农场首见大片大片绿莹莹的芦荟花开，并知道了芦荟花炒蛋这道质朴甘香的美味。

其实，在生活中，总会有一些意想不到的奇事发生，就像平常少见的芦荟花，既能在大都市的白云山上星星点点地灿开，也可以在山谷里的芦荟农场，连片连片，开遍山谷。生活有无限的可能，而逐花，也可以成为我们实现无限可能的一个美丽元素吧。

后来，还发生了另一幕与芦荟的相遇。那是2016年的春分时节，我们竟然也在白云山创意农艺园看到了绿中泛黄的芦荟花开，清雅气质的绿黄美女也摇摇曳曳到大都市来了，这让我们甚为惊喜——开橘红色花的靓丽美女，与开绿黄色花的清雅美女，相聚在大都市的白云山中，倒是清雅靓丽两全其美啦！

也就在这惊喜中，我们竟然又在开着橘红色芦荟花的地里，看到插着一块小牌，上写“不夜城芦荟”，这名字更是彻彻底底的都市风格了——不夜城，晚上都灯火明亮，难道这色彩艳丽的橘红芦荟花，晚上也能发光？没想，这一猜，似乎还真是有些靠谱。

不夜城芦荟，有别名：不夜城、大翠盘、高尚芦荟，这三个别名依然很富气很时尚。针对不夜城芦荟发光的话题，看到网上专业人士分析说，其实不夜城芦荟并不会发光，市场上所谓的不夜城芦荟之所以会发光，在肉质刺上涂抹了荧光剂，并经常用含有荧光剂的水浇，其肉质刺就会在黑暗的环境中发光，

在一定时期内，新长出的叶片上的肉质刺也会发光。但是，如果以后荧光剂脱落或者停止浇含有荧光剂的水，其肉质刺就不再发光，新叶上的肉质刺更是难以发光，彻底恢复成普通的不夜城芦荟。

看上面这段话，绕脑，折腾。我突然很渴望，白云山农艺园的不夜城芦荟，不会发光，就只是普普通通的不夜城芦荟而已。后来我们曾经在天黑时经过农艺园，跑进去看过橙红色的芦荟花，也没看到它发光。这么一看，心里就踏实了。其实，普普通通的不夜城芦荟，其橙红色的花朵，本身就够靓丽了，根本不需要再附上一层多余的发光外衣来迷乱自己。

花开得自然，人看得自在——说到底，自然之美，是最为耐看的。

金丝熊猫：

憨态可掬熊猫脸

金丝熊猫？哇哇哇！还以为是动物呢！话说，这是树吗？这有可能是树吗？真有这样的树吗？

电话那头，一听我和老朱说到金丝熊猫，小朱一边感叹，还一边发出了一连串的疑问。

听到小朱惊讶的口吻，我们也忍不住大笑起来。其实，我们在云台花园的木栈道前发现一棵树上挂有“金丝熊猫”的牌子时，也是这么一副特惊讶的神情哩！

我们第一次看见这个牌子是 2015 年的 1 月。当时我和老朱正想前往“花城水恋”景区去看银叶金合欢花开得怎么样了。当我们穿过玫瑰园，沿小路往下走，到一石阶时，我觉得有点累，恰巧石街的右边有一大石头，于是便顺势坐在大石头上小憩一会。坐下时，眼睛很自然地望向石阶对面的大树，只见树桠上吊着一块小牌子，牌子上写着——金丝熊猫，桃金娘科，黄蕊树属，原产地：澳大利亚；习性：喜温暖；花期：11 月到次年 2 月。

哈哈哈！金丝熊猫！不是动物吗？谁能相信，这是植物的名字？给这金丝熊猫一刺激，人立马打了个激灵，疲倦飞得烟消云散，我们兴致盎然地观赏起金丝熊猫来了。

这树是小乔木，约有四五米高吧，叶子密密麻麻的，零星地看到高高的枝条顶端上有些金黄色的小花蕾，那花蕾环绕成团，好像一个个圆圆的小溜溜球似的。有些溜溜球长得大些，口子开始裂开，已吐出几根金黄色的丝线来。看这开花的样子，还真有点像美蕊花开花，都是一个个花蕾吐丝，然后涨成一团团大花。不同的是，这树儿的一团花蕾，比美蕊花的花蕾更多更密集，待全部开出来，想来应该会更大朵更耀眼吧。

不过，对为啥叫金丝熊猫，我们也没弄清，因为还没看到一大团溜溜球完全盛开的模样。只好猜想——或许是开花时，像一个个金色的熊猫脸吧。这么一想，更觉得金丝熊猫的盛花时节，好让人期待哟。此时，小朱已经在天津读大学，虽然没有亲眼看到金丝熊猫树上那些溜溜球花团，但也很期待地说："我快放假回家啦，到时可以一起去看看溜溜球如何变成大熊猫的。"

但世间的事，就是那么奇妙。小朱放假回广州后，因为母亲生病住院，每天各种忙碌，根本没时间爬白云山。

等到 2015 年 4 月份，母亲病情稳定下来，小朱已经回天津上学一段时间，而闲下来的我和老朱，又可以自由自在地到白云山寻花去了，这时，让我们期待和牵挂的金丝熊猫一下子浮上心头。周末匆匆奔向云台花园，金丝熊猫早已谢落，只剩满树的绿叶，欣慰的是，还看到了一些暗青色的蒴果。这果子的品性和花蕾很相似，也是抱成团的，很硕大的样子。有趣的是，金丝熊猫的蒴果还有宿存的雌蕊。老朱说，这种有宿存雌蕊的蒴果，会在第一次开花所结的果的顶部或侧芽又再次盛开，据说这种开花特性在乔木类是很少的哟。

看来，要看到金丝熊猫的灿烂花开，只能等到 2016 年的春天啦。喔！那真是有些漫长的等待。

但让我们兴奋的是，在 2016 年春天远未到来之前，我们竟然不期而然地撞见了金丝熊猫。

那是阳光火辣辣的 2015 年的 7 月 5 日，一场大雨过后，我和老朱便直奔云溪生态园。其实，云溪生态园是个山谷，夏天到云溪生态园，不透风，很热。但对于爱植物的我们来说，总是希望在不同季节看到不同花儿在云溪生态园灿开的美丽，所以，就算再热，也还是会找时间去一下。当然，在夏天，选择一场大雨过后，再去云溪生态园，就会凉快得多。所以，在我们的记忆中，关于云溪生态园，也总是与雨联系在一起。有点奇怪的是，我们住的华师那边雨下得很猛，但赶到云溪生态园，这地方并没下雨。不过这并不妨碍我们欣赏云溪生态园的好心情。因为，门口一溜的金丝熊猫呀！只见满树金黄亮丽，正灿灿烂烂地迎接我们，远远望过去，一个个亮丽金黄的绒绒圆花球缀满枝头，仿佛一个个憨态可掬的毛茸茸的熊猫脸。哇！叫金丝熊猫，真的很形象很生动哩。

这真是太惊奇啦！不是说金丝熊猫的花期是 11 月到次年 2 月吗？可我们竟然在 7 月看到了满树金黄亮丽的金丝熊猫花开。看来，爱花之人，果真是有花福呀！（后来才知道，其实，金丝熊猫一年可以开好几次花。）

心情激动地跑上前去，细看毛茸茸的花团，是一朵朵鲜黄色的小花聚生在枝条的顶端，排成伞房花序，丝丝放射的金黄色花蕊，呈球状灿开。拨开花蕊，才看到每一朵小花里都有金黄色花瓣五片，花瓣短小不是很明显，但花蕊很多，而且稍长，数一数，每朵小花应该不少于二十个花蕊。

一小朵看，金丝熊猫的花容花色很单薄，但几十朵簇拥在一起后，却壮观成一团团蓬勃耀眼的金黄。所以，金丝熊猫还有好几个与金黄相关的别名：黄金熊猫、金黄熊猫、金猫熊、黄金蒲桃。对了，还有一个名字叫澳洲金蒲桃！本来嘛，金丝熊猫原产于澳大利亚，是澳大利亚特有的代表植物之一，叫澳洲金蒲桃，也真是名副其实啦。

在这些金黄一片的名字当中，我们最喜欢的还是金丝熊猫。黄金、金黄，这些字眼，只有色彩，没有形态；而金丝熊猫这个名字，却很生动形象地概括了此花自身所具有的——花蕊繁多、丝丝放射的独特形态。

灿开后的金丝熊猫，金黄的色彩，变幻起来也很有独特的韵味：初开时，色彩黄绿；尔后，慢慢转为深黄色；近凋谢时，为最耀眼的金黄色。在最完美最耀眼的时刻凋零，金丝熊猫，好一个极致的完美主义者。

苹婆：

冰清玉洁绝世姿

逐花多年，见到的花花朵朵也不少了，但是，当我们第一次看到苹婆花时，却被撞得眼球晶亮，惊艳，并为之倾倒。

那是2015年4月中旬的一天，我们到白云山的松风轩去吃午餐，点了三几样菜后，乘等菜的间隙悠悠然拐进松风轩后部的回廊闲逛。就在厨房部的附近，突然看到一个一个白色花点，飘呀飘呀飘落下来。咦？飞雪啦？绝对不可能！我们在广州呆了二十多年，从没见过广州飞雪。更何况，现在都4月中旬，快到暮春时节了，广州更不可能飘雪呀。

急急跑上前，更是大吃一惊——仰头看，三棵冠如巨盖的树上，白色小花，密集壮观，如瀑布“洒”满枝头；低头看，地上铺满白莹莹的小花朵，好一个银装素裹的雪色世界。

“苹婆花呀，苹婆花，终于找到你啦！”大花迷老朱激动地叫了起来，那种欢喜劲儿，仿佛想念了多年的恋人，美美的身影，突然飘到自己的眼前。而此时，小朱已经到了天津上大学，如果小朱也在，不知道他会如何感叹？

而我呢，伸出手儿，接住一朵小花，随即，一声惊叹：“天呀，怎么会有长得这么精致俊俏的花儿？好一个阆苑仙葩呀！”

说苹婆花是阆苑仙葩，一点也不过分！你看它，纤巧，如一个初生婴儿的小手指；花色剔透，奶白色奶黄色间杂，嫩嫩的，粉粉的；花姿玲珑，5个条状小裂片，裂片上还有细细的短柔毛，裂片先端渐尖，并向内略微弯曲，而后在顶端互相黏合，整朵小花，看起来就像牙雕大师用尽心思雕刻出来的镂空牙雕小宫灯。风一吹，小宫灯，白光点点，袅袅婷婷的，如一个女子在微微娇喘。此时，树上星星点点的小花，在空中纷纷飘降，美若流星雨。

此情此景，很自然地，我的脑袋瓜子立马就想到了袅袅婷婷的林黛玉。《红楼梦》描写宝玉第一次见到黛玉：“两弯似蹙非蹙罥烟眉，一双似喜非喜含情目。态生两靥之愁，娇袭一身之病。泪光点点，娇喘微微。闲静时如姣花照水，行动处似弱柳扶风。心较比干多一窍，病如西子胜三分。”这柔弱、绝美、冰清玉洁的苹婆小宫灯花儿，不就是透着这么林黛玉式的一种我见犹怜的美感么。如今，尽管我们已经认识苹婆花多时，但每次走到苹婆树下，还是会由衷地来这么一句赞叹——好一个阆苑仙葩呀！

不仅是阆苑仙葩，其实，苹婆还被称为潘安呢！潘安是谁？不用我多说，谁都知道“才比宋玉，貌似潘安”这句话。潘安有多美，看看“掷果盈车”这个成语的由来，就能知道西晋时号称“中国第一美男子”的潘安，其美好的容貌和优雅的神态风度，是如何倾动全城啦！年轻时的潘安风流顽皮，喜欢挟牛皮弹弓到洛阳城外游玩，妇人们见着，竟手拉手围将起来，争相投掷水果到他的马车上。又因为长得美的潘安小名檀奴，在后世文学中，“檀奴”、“檀郎”、“潘郎”等都成了俊美情郎的代名词。当代好男儿李熠霖演唱的歌曲《潘安》，就非常生动地唱出了从古到今，世人对美男子潘安的爱慕之情——“他有非凡人气，一生爱美成癖，不折不扣的才子；他出世又入世，眉目如画的美男子，春风得意，时代的万人迷。”

可是，苹婆花长得柔弱绝美冰清玉洁，要是西晋“中国第一美男子”潘安长成这个样子，也实在太娘儿了点吧。呵呵，这就对了。苹婆花，那是林黛玉呀。

潘安，是苹婆果。清代广东地区的本草书籍《生草药性备要》里，就把苹婆果称为潘安果。

纤巧俊俏的花儿谢落后，青绿蓊郁的苹婆树便开始吐出一个个黄豆大的青果儿来了，过些日子，黄豆大的青果儿就长成了半月形的壮硕大果子，果子上有一层细绒毛，摸上去很舒服，倒让这壮硕的果子，有了点俊秀的美。到了七八月，青果儿转为猩红色，像披上了一层褐色的天鹅绒，而且整个果儿也慢慢收腰身，就像现在明星喜欢练腹肌似的，变得俊朗起来。

更美的是，猩红色果壳，微微从中间裂开，里面一般长有种子 1 至 3 粒，像蚕豆般大小，有的还大如鹌鹑蛋。我觉得特美的是只长一粒种子的，每当暗红色的果子成熟后，便自动崩裂，里头那颗种子，乌黑水灵，仿佛美丽的凤凰鸟睁开眼睛一样，真真好看极了。所以，苹婆果还有个非常好听的俗称——“凤眼果”。那满树的凤眼果呀，远远一望，谁能不怦然心动？偶尔我也会猜想一下，美男子潘安是不是也长着一双凤眼？

因为“凤眼果”太美太耀眼了，所以很多人都误以为，这猩红的“凤眼果”，就是苹婆树的花呢。清代诗人李调元《南海百咏抄》咏苹婆：“虞翻宅里起秋风，翠叶玲珑剪未工，错认如花枝上艳，不知荚子缀猩红。”传说广州光孝寺建寺之前，曾是三国时大官虞翻的故宅，宅基种有苹婆树，虞翻去世后，该地建起光孝寺，寺中翠叶玲珑，荚子猩红，游人不知是果，误认作花。

相比苹婆花那种冰清玉洁的惊艳仙姿，苹婆果，无疑长得绝对的耀眼无比。纤巧俊美的苹婆花儿，要近观，才能看清剔透玲珑的美姿，这真的很林黛玉呢。而苹婆果，就像个耀眼的大明星，就算是远看，也绝对能攫住人的眼球。而“绝世帅哥”潘安，一出场，不就倾城吗?

说苹婆花如林黛玉，苹婆果如潘安，更多是作为一种审美意象，让人念想。而“凤眼果”的果字，则是直接就挑逗起人的食欲。事实上，这凤眼果，还真是能食用的哟。

《西游记》第一百回“径回东土 五圣成真”就写到，唐太宗为招待取经归来的唐僧师徒四人，设以盛宴，苹婆果便是其中一道美味佳肴：“……橄榄林檎，苹婆沙果……说不尽百味珍馐真上品，果然是中华大国异西夷。”不仅能做美味佳肴，苹婆果还有一定的食疗价值：相传明代文人海瑞在海南岛做官时，曾经患过一场大病，久治不愈，友人送他一筐苹婆，家人分几次用来煲粥，他吃后身体果然逐渐康复了。

我们也曾经捡拾过凤眼果回家做菜吃。松风轩那三棵冠如巨盖的苹婆，长在栏杆外，不方便捡拾果子。后来，我们在创意农艺园看到了两棵苹婆，而云台花园生态木栈道处更多，有十几棵。但这两个地方的苹婆树形，都不如松风轩高大茂密。每当七八月份，凤眼果成熟后，都会有不少果子掉下地。我们便捡了回家，掰开果壳，把凤眼果洗干净，与鸡肉一起用瓦煲煨熟后，剥去黑色外种皮，再剥去淡褐色半透明中种皮，就露出淡黄色的种仁，味道好像板栗，软软的粉粉的，不过没有板栗那么香。

曾经看到一些资料，夸苹婆种仁，“风味与板栗相似，其味微甜而香、肉

爽多汁的口感比板栗更胜一筹”，我们着实不能领会。直到读到台北自然作家刘克襄写的《苹婆》一文，里面讲到“挑选苹婆，宜挑个大、形状匀称为宜。色泽近黑褐色者，尤为佳品。”而我们捡拾回家的苹婆果，个头都不大，形状也不怎么匀称，色泽偏黄褐色，应属于尾巴果了，而真正个大色佳的，估计早已经被识货的为食猫们捡走啦。

刘克襄还写到“广东一带苹婆最是密集，随便乡野的农宅、鱼塘或菜畦，都有此一果树”。但印象中，白云山这么一座大山，我们也只发现了十余棵而已。

后来，我和老朱去南海里水姐姐家玩。走在里水的巷道上，竟然看到高高低低的墙上，到处伸出苹婆宽阔厚实大似巴掌的叶片，甚是惊奇。姐姐说，这里很多人家的院子都种有苹婆，苹婆叶子久蒸不烂，蕴有清香，里水人喜欢摘来包裹糍粑食用；到了七夕，苹婆果正好成熟，有很多人家还爱摘些苹婆果做七夕祭品，所以，里水人都喜欢叫苹婆果为“七姐果”。给姐姐这么一说，我的脑袋就晃荡出一幅“用长竹竿拈落高挂树上苹婆”的世俗场景。老朱说，这也正是他想象中的美画面。

柠檬：

紫粉洁白好俏媚

“我第一次看到柠檬花蕾！以前在我们学校旁种了一片柠檬，我都没注意过柠檬有花开呢。”

3月初，我把在白云山创意农艺园拍到的柠檬花蕾发上微信，闺蜜彩虹立马写了上面的一段留言发给我。后来呢，也有不少朋友陆续留言，都说真没看过柠檬开花呢！

这也难怪，平常一提起柠檬，谁都感觉特熟络，尤其是那些爱美的女子，一定还能说出一堆关于柠檬果的有趣话题来。比如说，是酸酸甜甜味道的青绿金黄色果子啦，在西餐厅经常都可以喝到的酸甜柠檬水啦，还可以自制养颜减肥的柠檬蜂蜜茶啦，等等。但是，要说到柠檬花，知道长什么样子的吗？保准很多人都是一脸的懵相。是呀，柠檬花到底长什么样子的呀？用另一个闺蜜燕子的话来说，就是——好俏媚！

先是青绿，口子上还组成了浅浅的十字，这便是刚刚长出的柠檬小花蕾。柠檬的小花蕾，似乎都不太爱清静，反而比较喜欢热闹，一开就是一大簇，如同顽皮的孩子似的，爱凑成一堆儿玩耍，四五六个，七八九个，乃至十几二十个，挤挤挨挨在一起，个个都抢先着，探头探脑地望向外面的世界。花蕾慢慢变大，色泽慢慢地变成紫粉粉的，俏俏媚媚的。此时，花蕾上多了很多青黄的小斑点。虽然小斑点实在多得数不清，但因为分布均匀，看起来让人感觉有点像无数的小水珠，均匀地黏附在紫粉粉的花蕾上，仿佛更添了一种水灵气。

我们一家爬白云山多年，也经常去创意农艺园，但奇怪的是，直到2014年夏天小朱到天津读大学了，都没见过白云山上创意园里的这棵柠檬树开花和结果。我们还一度误以为，或许是水土的原因，这棵柠檬树不会开花的吧！呵呵，没花开，自然就难有果了。毕竟像无花果一样，不开花，也可以结果的植物，那是凤毛麟角的。

直到2015年3月初的一个周末，我和老朱去白云山，又拐进创意园，终于，惊奇地看到了柠檬开花，顶着浅浅十字的青绿花蕾一大簇一大簇，热闹得很；还有长满青黄小斑点，紫粉粉地俏媚着的大朵花蕾，更是满枝招摇。当然，也有十来朵柠檬花，已经全部张开，花瓣裂开成五片，略向下弯，色泽洁白，花蕊很多，花柱很壮，柱头上还顶着个淡绿色的大帽子。初看时，会觉得这粗壮的花柱子大帽子，实在显得过于抢眼过于笨重；不过，细看后，会觉得众多的花蕊衬托着粗粗的花柱大帽子，花蕊下还有五瓣略弯的花瓣，错落有致，层次分明，着实妥帖。

那种妥帖的感觉，让我想起，唐代杜甫在《丽人行》中的描绘：三月三日阳春时节天气清新，长安曲江河畔聚集好多美人，这些美人的穿戴，繁复得很，“素罗衣裳照暮春，蹙金孔雀银麒麟。头上何所有？翠微㿉叶垂鬓唇。背后何所见？珠压腰衱稳称身”。——绫罗衣裳映衬暮春风光，金丝绣的孔雀银丝刺的麒麟；头上戴的是什么呢？翡翠花叶直贴到鬓角边；背后缀的是什么呢？宝珠压住裙腰多么稳当合身。对了，就是这么一种感觉，宝珠压住裙腰多么稳当合身。这句话换到柠檬花上，那就是——花柱子压住腰身是多么的稳当合身。

当时看着满树柠檬花蕾，却只有十几朵花开，我和老朱心里乐滋滋的：下

周末再来看这柠檬树，该会是满树柠檬花开了。没想到，等到一周后再奔向白云山创意园，心还在想着满树的柠檬花迎接我们呢！结果呢，比上周看到的十几朵花还要少，就剩四五朵了。遗憾呀！

原来，柠檬的盛花期很短，大概就只有一个星期左右。这也难怪了，虽然我们一家每周末爬白云山，但是却一直没有见到柠檬花开，实在是这花期太短太短，短得我们来不及相遇，花就已经谢了。虽然，错过了柠檬多年的最盛花期，但在 2015 年的 3 月，我们终于在正确的时间与柠檬花相遇，并得以一睹柠檬花最美的花开年华。

花落不久，花蒂处长出青油油的小圆疙瘩，这就是柠檬果了。很快，柠檬果就长成青绿色的小鸡蛋一样大小了。但，柠檬的果子长出来很少，也就十几个而已。遗憾的是，还没等到柠檬果长大长成金黄色，这十几个柠檬果就不见踪影，不知是掉地上腐烂了？还是被人摘了去了？当然，还是宁愿是后者吧，毕竟，柠檬果的作用实在太大了，连风雅的英国人都有“柠檬人”这一说法！

其实，“柠檬人”的来源，跟坏血病有关。15世纪时，欧洲的冒险家们为了追求香料和黄金，纷纷乘帆船横渡海洋去争夺殖民地。在航行途中，海员们常常被一种瘟神似的坏血病侵袭，丧失了成千上万条生命。对坏血病的治疗研究，始于1745至1755年间，英国医生林德试用新鲜蔬菜、水果和药物等，对患坏血病的水手进行医疗试验。有次，他在治疗英国“船海五”号船上水手的坏血病时，挑选出一些水手分成六组，采用不同的方法进行治疗，如不同的食品、药物和理疗方法等等。结果出乎意料的是，服药的病员毫无起色，相反的，食用柠檬的一组病员却像服了“仙丹”那样，病魔顿除，很快恢复了健康。

1795年左右英国海军采用这种方法，规定水兵入海期间，每人每天要饮用定量的柠檬叶子水，两年后英国海军中的坏血病就绝迹了。英国人由此常用“柠檬人”这个有趣的雅号，来称呼自己的水兵和水手。从此，英国的船只，依法律规定，必须贮存新鲜的柠檬汁供船员饮用，以预防坏血病。

柠檬能抵抗坏血病，是因为坏血病是由长期缺乏维生素C所引起的疾病，而柠檬却富含大量的维生素C，尤其高鲜度的柠檬更是维生素C的宝库，具有很好的抗坏血作用。因此世人又称柠檬果为“神秘的药果”。

柠檬还有一个别称“益母果”。两广地区中医著述的《粤语》中有记载：“柠檬，宜母子，味极酸，孕妇肝虚嗜之，故曰宜母。当熟时，人家竞买，以多藏而经岁久为尚，汁可代醋。”可见，因柠檬味奇酸，肝虚孕妇最喜食，故称益母果，怀孕妇女可以放置一些柠檬在床边，早上起来嗅一嗅，有消除晨吐的效应。

英国人以药用柠檬著名，而浪漫的法国人呢，则是世界上食用柠檬最多的国家。法国小镇芒顿因盛产柠檬而得名，为了庆祝柠檬的丰收，每年2月举办“柠檬狂欢节”。当然，咱们中国也一样有浪漫的“安岳柠檬节”哟。安岳是四川省的一个小县城，但柠檬却占全国产量的80%。安岳柠檬节于金秋十月举行，

连绵数十万亩的柠檬，馥郁芳香满山野，那真是浪漫无敌呀！吸引得擅长打造地域名片的导演章家瑞，集合中韩两国的帅哥美女，拍摄了一部跨越国界的浪漫爱情电影《柠檬》。电影的导火线，便是安岳的柠檬蜜饯特产——青涩的爱情，犹如柠檬的滋味，酸酸甜甜，甜甜酸酸。

羊角拗：

俏娇可人小杀手

羊角拗，这名字好古怪。刚听到这个名字时，我是把“拗”听成了“坳”的。所以，每次一提起羊角拗，自然而然地，只觉得周遭都是绿茵茵的山岗，真真是野气十足呀。而很应景的是，我们第一次看到羊角拗，就是在白云山一处山坡的灌木丛中。

那是4月初的一个周末，我们从大草坪往山顶公园方向上去，走到第二个弯道口，便看见右边路旁的小山坡上，疏疏落落的灌木丛中，摇曳着很奇怪的一种黄色花带。注意啰，我说的是花带，而且不止一条，而是很多很多条，细细的，长长的，自然卷曲下垂，像是细细软软的一头秀发。当山风一吹，一条条低垂卷曲的细花带秀发，随风飘呀飘，舞呀舞，灵动又婀娜。

看着这细花带，我眼前就晃荡起了小时候自己扎小辫子那种温馨又快乐的场景。说来，挺奇怪的是，姐姐们的头发，都长得粗又多，还非常笔直。唯有我的头发相对较少，不仅柔顺，还有一种天然的卷曲，完全继承了母亲秀发的特质。所以，我这一头卷曲又柔顺的秀发，深得姐姐们的喜爱。姐姐们都喜欢摸我的秀发，有空时，她们还喜欢帮我扎辫子。当然啦，这辫子，不是像《小芳》那首流行歌曲唱的扎起两根“辫子粗又长”，而是扎起五六七八根柔顺弯曲的小辫子。有时候，姐姐们还别有心思地在每根辫子上扎上花花绿绿的毛线。那种感觉，就像头上开出了一朵朵彩色的花。而我经常顶着彩色的花辫子，往村子周围的丘陵、山坡、山谷里，奔呀，跑呀，跳呀，花辫子随风飞来荡去，快乐好玩极了。

老朱笑说：这羊角拗，都成了你回忆的快乐象征物啦！小朱说：“好羡慕妈妈哟，有这么多乡村山野的回忆。”我应道：“你的童年比别的孩子快乐很多啦，几乎每个周末都可以和爸爸妈妈一块爬白云山，看树看花。”小朱吐了吐舌头：“是哩，是哩，是挺快乐的！但我没看过扎辫子的女孩子，我们班的女同学都从来不扎小辫子的。”

说说笑笑间，鼻子就快凑到了羊角拗的花前。这花，隔着点距离看，抢眼的是一条条低垂弯弯扭扭的黄色细花带。对了，羊角拗的属名源自希腊语，意思就是“扭曲的花朵”。这真的很名副其实哟。

待近看时，羊角拗花，又呈现出另一番令人心动的美色：羊角拗是藤状的灌木，花呈漏斗状，花瓣分两层——内层花瓣黄色，上面有紫色细纹，还竖起十片白色的小花瓣儿，这些小花瓣张开小弯勾，似乎想要抓什么东西似的；外层花瓣也是黄色，上面有少许的紫色细纹，但更多的是紫色斑点，花瓣裂成五片，呈丝状延长，自然卷曲下垂。据说，这裂片的花瓣，还可达十八厘米之长呢。对于这样一朵小花来说，真是足够长的啦！这也难怪，为什么隔开些距离看，最先看到的是细长的黄色花带啦。

说了半天，还没弄清楚为什么这植物会叫羊角拗。别急别急，等到结果，就知道啦。

7 月份，羊角拗开始结果了，一开始，果实是青色的，一对叉生，椭圆状长圆形，顶端渐尖，非常像羊角的形状，因而得名“羊角拗”。羊角拗还有不少别称，但都和羊角有关，比如，羊角扭、羊角藕、羊角树、羊角果、山羊角、羊角藤、羊角黎等等，着实生动形象。

羊角拗的果子成熟时，会变成黄色。而此时，一对对黄色的“羊角”，晃荡在山丘上，挺亮眼的，也挺有艺术感的，很适合摘下来当个小艺术品。但由于白云山的羊角拗是长在路边，常常会被修枝，可能果还没长成，就往往被修

剪掉了，因而很难见到果子。比如，我们在前面提及的从大草坪往山顶公园的第二个弯道口长得比较大片的羊角拗，却从没见到有果长出来。后来我们又在云山北路荡胸亭往松涛别院路段的左侧，看到有两株羊角拗，大的那株缠生在一棵马占相思树上，小的那株则缠生在一棵尖叶杜英上，但依然没找到有果子。

有个周末，从西门往上走，在通往竹溪、桃花涧的路口，恰巧碰到两位老朋友下山，于是就闲聊了一会儿。因为站得靠山坡，旁边斜出一枝条，打到老朱的身上，老朱边用手腾挪枝条，边和老朋友闲扯。待老朋友走后，老朱缓缓放开枝条，突然惊喜地喊道："是羊角拗哩，你们看，枝条黑黑的，长满了白色斑点，很典型的羊角拗的特征。"再抬眼往上望，与一株以前看到的灌木丛或藤本样的羊角拗不同，此株羊角拗着实高大，长成了四五米高，下部是乔木，上部则是藤本，缠绕在旁边的洋紫荆树下，垂了下来。我们赶紧找，终于找到了两对青色的羊角拗荚果。这种"踏破铁鞋无觅处，得来全不费工夫"的遇见方式，着实让我们激动了很久。后来呢，我们又在虎头岩和孖髻岭发现了羊角拗，也看到长出有不少荚果。

当然，要提醒各位，果果虽美如艺术品，但要小心咯，这看起来很艺术的“羊角”，可是有毒的。

羊角拗为夹竹桃科，此科植物往往都有些大毒小毒，比如我们经常可见的夹竹桃、黄花夹竹桃之类，都是有毒植物，它们有共同的一个特点——折断枝叶后，可见植物体内具有乳白色的汁液。而羊角拗全株含毒，尤以果实的毒性最强，果实内的种子，含有毒毛旋花子配基，中其毒后常会出现腹痛恶心的症状，重者心跳渐弱、呼吸困难，乃至不治身亡。所以，羊角拗还有一个民间俗称——断肠草。当然，它的毒，利用好，也会起到良性作用，比如，它可入药作强心剂。对了，它还可用来制作箭毒。在非洲，人们经常会用羊角拗的种子，做箭毒来猎杀鸟兽。

后来，看到西双版纳热带植物园有篇关于羊角拗的科普文章，里面重点介绍了羊角拗来源于非洲，目前在中国种植有三个品种：西非羊角拗、箭毒羊角拗、旋花羊角拗。我们仔细比对文章里的花朵图片，确认白云山上的羊角拗应该属于箭毒羊角拗。再后来，又在白云山的龙虎岗附近，发现有箭毒羊角拗。我们吸了口冷气，开玩笑说：这箭毒羊角拗，长在龙虎岗附近，还真的很对场景呢。小朱还猜想说：很久很久以前，这龙虎岗该有老虎吧？不知这老虎是否中过什么猎人用羊角拗做成的箭毒？

想来，羊角拗的花，长得娇俏可人，柔顺如发如绸带；果实，硬朗如羊角；剧毒，却很有艺术质感。整个儿都那么美那么诱人，却想不到会是如此的剧毒，真正算是个温柔的小杀手了。

这倒让我想起了那部电影《这个杀手不太冷》，娇俏可人柔顺如发如绸带的羊角拗花，就像娜塔丽·波特曼饰演的十二岁邻居女孩玛蒂达；硬朗剧毒又有艺术质感的羊角拗果实，就如让·雷诺饰演的意大利裔顶尖职业杀手里昂。娜塔丽·波特曼，让·雷诺，演绎了一段美丽与剧毒并存的法式温情人生，而羊角拗的花与果，则上演了一种娇俏与剧毒并存的曼妙自然风情。

鱼木：

白蝶黄蝶翩翩飞

第一次遇见鱼木，是很好笑的一个场景：

4月中旬，我们到云台花园玩儿，走到醉华苑大门的右侧，看到一株大乔木茂密的树叶间，开着一小丛一小丛的白色花，有点像一小群一小群白蝴蝶。

“看，是鱼木呢！”大花迷老朱高兴地叫道。

“榆木？榆木疙瘩？”我立马接口问。

小朱还小，不明白“榆木疙瘩”是怎么回事，也追问道：“榆木疙瘩？是什么东西来的？能吃的吗？”呵呵，估计小朱吃过窝窝头，想着这“疙瘩”就是窝窝头之类的东西吧。

我大笑起来：“榆木疙瘩，那是成语，讲一个人很笨、不开窍。”

“可是，这树儿不笨呀，开着好多花儿哩！”小朱小手儿指向开满了白色花的大乔木。

老朱笑弯了腰——你们两个呀，这树，不是榆木疙瘩里的“榆木”两个字，而是平常我们喜欢吃的“鱼”，我们见到的树木的“木”。

鱼木，这么奇怪的树名，那和鱼有什么关系？我和小朱一脸疑惑。

大花迷老朱哗啦啦地卖弄开来啦：这种树的材质轻软耐用，是古代用来做钓鱼的浮标的最好材料。据说古时候的沿海渔民，发挥聪明才智，将这种木材刻成小鱼形状，然后用其做鱼饵及浮标，以假诱真，协助捕捞，这树由此得名“鱼木”。

哇！好神奇哟！赶紧看花去。可是树太高，应该有十几米吧，我们根本看不清。于是，走进醉华苑，想看看能否找到花开得低矮一点的树枝。还真是运气不错哩，有一小枝条，老朱伸长手臂，轻轻一拉，就拉低到了我们眼前。

我们三个脑袋挤在一起，细细观赏起鱼木花来了。花朵聚生于枝顶，大概有八九朵。有花苞，有欲开未开的，还有全灿开的，这倒让整个花序姿态丰富有趣。欲开未开的，花瓣是青白色，里面包裹着好多青黄色的花蕊，拥拥挤挤在一起，有点像一群小孩子躲在门缝里，探头探脑，好奇地张望着外面的世界。当花瓣慢慢张开后，好像一把小伞，里面的青黄色花蕊四下散开来，就好像出了门的孩子，各自去寻找自己喜欢的东东玩儿去啦。

待整朵花完全张开时，花瓣已变成白色，分别有四瓣五瓣六瓣的，花蕊则变成紫红色，细细长长的，好多好多，数都数不清；花蕊的中间，还伸出一个比花蕊长些粗些的细长花柱子，柱头青绿色，大小如一颗花生，长得很可爱哟。还有，鱼木的叶子，长得也挺好看的，表面亮亮的，是三出复叶，而且叶片上的纹路很清晰，弯弯勾勾的，有山丘，有湖泊，有小溪，好有山水画的味道。真是好一棵从头到脚都美呆呆的树。

随后的这段时间，美呆呆的鱼木，就定住了我们的眼神。到了下一个周末，晚上下了场大雨，早晨醒来，雨停了，我们便赶往云台花园，直奔醉华苑而去。离醉华苑还有一段距离，抬眼望去，想不到那鱼木花又惊讶了我们一把：只见满树花儿黄白相间，真是好一副白蝶黄蝶间杂纷飞的盛景。

咦！上次看还是一小丛一小丛的白花，现在就变成满树黄白相间的花儿了，几乎掩盖了茂密的枝叶，壮观极了。当然，这个现象也容易理解，会变色，这

是很多花共同的特点。鱼木的花刚开时是白色的，几天后会慢慢地变成黄色，因为花开时间不一样，而形成了黄白相间的美景。开得那么壮观，估计是到了鱼木花的繁盛季节啦。

这壮观的花色，应该和大雨也有关。老朱说，他曾经看过一些有关鱼木的资料，提到以大雨为开花讯号是鱼木树的特征，往往一场大雨过后，鱼木就会像吃了炸药一样，一夜之间“轰”开了满树的花朵。他当时看得半信半疑的，如今目睹了大雨后，鱼木花开，“蝴蝶”满树的盛景，着实是惊叹不已！

鱼木花开，“蝴蝶”满树——说来，自然界有很多花都长得像蝴蝶，有些花名就干脆直接冠上蝴蝶的名字了，比如说“醉蝶花”。所以，把鱼木花儿比喻成蝴蝶，的确是没什么特别的，简直可以说，俗气去了。不过呢，说鱼木花

像蝴蝶，却有另一层独特的趣味。因为鱼木是端红粉蝶、黑点粉蝶、纹白蝶、淡黄蝶等蝴蝶的寄主。蝴蝶幼虫爱吃鱼木，鱼木花像蝴蝶，倒是“蝶鱼”不分家啦。诗意浪漫一点的说法——这就好像有点“庄生晓梦迷蝴蝶”的意蕴了。

鱼木的果子，是球形至椭圆形，一开始是青色，很光滑。成熟后，果皮转为橘红色，还有淡黄色小斑点。这就好像长大后，脸上冒出了小雀斑的美女，越看越有韵味。事实上，鱼木的果实真的很实用呢，里面含生物碱，可作胶黏剂。成熟的魚木果是浆果，把它剖开后，还会散发出淡淡的鱼腥味。呵呵，我们笑啦：鱼木鱼木，这名字挺恰当，它果真是有些鱼的味道嘛。

一直希望能在白云山别的地方再看到鱼木，再看到鱼木花开，“蝴蝶”满树的盛景。但遗憾的是，寻觅了多年，我们却一直没能在白云山找到第二株鱼木。后来，看到有资料说，在宝岛台湾只有五株鱼木，台北市有两株，因为罕见，所以成为台北市受保护的大树。这么想来，鱼木应该还是比较少的树种。而我们能在云台花园看到这么大的一棵鱼木，当然也是挺幸运啦。

米老鼠树：

萌鼠满树惹人怜

进云台花园后，天下起雨来了。我们从左手边往上走，有点小坡，上完坡后，感觉有点累，雨还在下着，刚巧见路旁有个爬满绿茵的小凉亭，于是，便走进凉亭里，想歇息一会儿再走。

下的是小雨，凉亭下的石板凳还干着。我们坐下来，一边闲聊，一边随意望向凉亭对面的树木。望着望着，突然看到树上似乎挂着些艳丽的果子。咦，平常都没怎么注意到这树上的花与果呢。于是，撑起小伞冲到对面树下，扒开绿色叶子，寻找那些艳丽的果子。

找到啦，这果子，长得真 Q 啊！小朱一声喊。我和老朱赶紧凑过去，一看，真的好可爱哟——粉橙色稍长的花萼向下垂着，像件小花裙似的；花托上围着一圈红色的花蕊，花托的中间有一根长长的红色花柱子；花柱子的两边则是两个椭圆形的绿色果子。左看右看，总觉得这果子似乎像个什么卡通人物，但一时又想不起来是什么卡通。

再找找，又惊奇地发现，还有其他颜色的果子呢，形状虽然不太一样，但也很可爱。

比如，花萼是青黄色的，向上翘起，像个莲花座；花托上围着一圈青黄色带红点的花蕊，中间仿佛坐着一个青色的小人儿，脑袋大大、肚子小小，并还在小肚子上伸出一根同样青绿色的花柱子。脑袋大大的这小人儿，长得太像外星人啦!

还有一样是青黄色的花萼花托，但上面却长出不止两个果子，而是分别冒出了三四五六七八个果子的都有，像一群孩子，圆溜溜的脑袋瓜儿挤挤挨挨在一起，正在热热闹闹地琢磨什么有趣事儿似的。

当然，最有趣的还是花托上长着两个圆溜青黄果儿的。此时，花托儿凸起，圆鼓鼓的，像一张大圆脸，脸的周围还有长长短短的青黄色花蕊，像胡须似的;脸蛋中间,有根花柱子,像个长鼻子;脸蛋两侧还竖起了两个圆圆的青白色果子,就好像两个圆圆的大耳朵。整个造型看起来就像是有着红脸、红耳朵、红胡须的米老鼠似的。哇！米老鼠！我们仨不约而同地欢叫了起来。

说来，从小爱读课外书的小朱，看的书相对同龄孩子来说，都比较深一点，而且自从读小学后，基本不怎么看绘画书。但唯一一套绘画书，却是他从小一直读到高中都还喜欢买和读的,那便是《终极米迷》。可以说,米老鼠卡通和《终极米迷》不仅承载了小朱人生成长中的美好光阴，也是我们一家三口快乐阅读的记忆见证。所以，我们一家对米老鼠的印象太深刻啦，此时此刻，不约而同地欢叫出“米老鼠”，无疑也是一种对过去美好阅读光阴的最美记忆。

我再回头，去看看最早看到的那个一时想不起是什么卡通人物的果子，这下我乐坏啦——这好像米老鼠的女朋友，小美女米妮哟。你们看看，粉橙色的稍长花萼向下垂着的小花裙，不就像天天喜欢穿“迷你裙”的小米妮吗?

小朱老朱都说，真的很像哩！哇！真是太有意思啦，一树都是米老鼠呢！只是,这么有趣的树,却见挂了个小牌,上写——金莲木,金莲木科,金莲木属,原产地：中国广东、广西。

看这个牌子，还真有点愣。金色没见到，估计指的是花朵的颜色。但此时已是 4 月底，花朵已经凋谢得不见踪影，满树尽是米老鼠样的果子，要看花开，只能等待来年春天啦。至于叫莲木，感觉也好平淡无奇。毕竟有“莲”之类名称的植物太多啦，都审美疲劳啦。

后来查了资料才知道，金莲木，真有个别名叫“米老鼠树”。而金莲木科的植物，一般来说都有个特性，那就是结果时只有花瓣谢落，而花萼和花蕊是不脱落的，还会慢慢转为别的颜色，与果实相映生辉。我们看到的金莲木，花萼和花蕊还好好地长着，从最初的绿色，变成了青黄色、粉橙色，衬托得果儿美美的。

虽然没赶上花季，却赶上了美美的结果季节，这一次还算挺有花缘啦。其实，我们曾无数次走过金莲木这段路，但一直都错过了它的花和果。这就像人生中的很多缘分，总是没有在对的时间遇上。而这一次，总算是在对的时间里相遇啦。所以，接下来的那段日子，就成了我们欣赏金莲木果子的美好时光。

其实，五六月份到云台花园，实在是不太舒服的。因为云台花园是个山谷，不透风，因此格外闷气。但是，为了心爱的米老鼠树，冒着闷热也算不了什么啦。

而让我们高兴无比的是，这米老鼠果，又长出另一番奇趣来啦：下垂的花萼、花蕊，已经变成艳红，圆溜溜的青白色果则转成黑色，像乌黑发亮的大耳朵，这模样儿就更像长着一对黑色大耳朵的米老鼠啦。还有的米老鼠，长得更调皮：黑溜溜的果子脱落下来，留在膨大的圆花托上的种痕，像一对眼睛，透着一副小可怜样儿，再加上花托上那根长长的红色花柱子，以及下垂的红色迷你裙，萌萌哒，超级可爱，如同一个天线宝宝。不过，小朱说，这更像有点受气的米老鼠哩。呵呵，也对，米老鼠虽然英勇无比，是个什么也不怕的小英雄，但还是经常会受点小委屈，比如偶尔会发生被米妮无理取闹被呆呆的唐老鸭捉弄之类的事儿，弄得整个人一脸可怜相，笑坏了身边的朋友们。

米老鼠树的果子，变化多样，真是罕见又奇趣。继而，自然地，我们对米老鼠树的花朵，也充满了期待。

等到来年 3 月，米老鼠树开花了。一开始，嫩嫩的黄，从绿绿的花苞里钻出来。很快，花朵儿慢慢撑开，露出褐红色的一团雄蕊，雄蕊中间还围着一条粗一点的嫩黄色雌蕊。等到花朵全部张开，五片花瓣皱皱的，很薄，像涂了层蜡，色泽金黄亮眼；雌蕊高高耸立，而上半截褐红色下半截金黄色的雄蕊则依然紧紧绕着雌蕊。整朵花层次分明，色泽靓丽。到了 4 月初，满树的黄花，黄灿灿的，如同描金一般。

4 月中旬后，花瓣开始飘落，只留下了花瓣下方的花萼及花蕊，花萼也闭合起来啦。待到 4 月底，花瓣全部飘落完啦。此时，闭合的花萼开始慢慢张开，里面露出了青色的小果子，似花托盘中的几颗绿珍珠。然后整个花萼就开始慢慢地长，慢慢地变色：没有脱掉的雌蕊和雄蕊，长成了酷似米老鼠的鼻子和胡须；花萼则变成了迷你裙；花托成了圆圆的米老鼠脸；绿绿的果子则长成了米老鼠的大耳朵。这米老鼠树的花、萼、果，个头和色彩都喜欢变来变去，真真可爱极了，奇趣极了。

还有奇趣的一点，米老鼠树的花语，是全才、无私奉献。米老鼠树除了作为一种观赏植物外，是少数的木本全材药用植物，其树皮可用于治疗消化系统疾病，树根具有驱蚊杀虫药性，树叶和树枝含有多种黄酮类化合物。经研究测定，从其树叶和树枝中提取的黄酮苷类化合物具有抗艾滋病（HIV）活性。而卡通动漫里的米老鼠——全能英勇，像个超人，却只讲奉献，不求回报。这米老鼠树与卡通米老鼠，真是绝对的登对呀！

米老鼠树还有一个名字，叫桂叶黄梅。按字面上解释，可以大致描绘出它的长相：叶片像桂花的叶子，革质、长椭圆形，叶端有针状突尖，叶缘呈疏锯齿状；至于黄梅呢，那是指它的花，花开五瓣，与梅花有些相似，所以

被冠名为“桂叶黄梅”。我们认真比对过，感觉相似度似乎并不高。或许国人有那么一种心理，一说到花，都喜欢拿传统的桂呀梅呀来比对，傍上名花来“标榜清高”。

不过，这也没什么不好，看花，看的是一种心境。就像作家毕淑敏说的“美丽是心底的明媚”。其实，我们赏花看花，求的不就是一种明媚的心境吗？本来就不是纯粹的植物学家，对花，偶尔有点误解，也不妨碍自己的明媚心境，这挺好的。

车轮梅：

白里透红微香飘

于千万人之中遇见你所遇见的人，于千万年之中，时间的无涯的荒野里，没有早一步，也没有晚一步，刚巧赶上了，那也没有别的话可说，唯有轻轻地问一声："噢，你也在这里吗？"——这是张爱玲在散文《爱》中，所描写的恋爱的奇妙。

而有时候，与一种花的相遇，也如同遇见一份爱情那样，奇妙无比。譬如，我们与车轮梅的相遇，那种偶然，真的就是这样的奇妙与惊喜。

那是3月的一个星期六下午，我们正从松涛小卖部往桃花涧的路段走去，到了可以下山走石阶的那一段，平常因为爬白云山时间比较长，从濂泉路走到西门，已经走了好几个小时，为了节省力气，我们都习惯抄近道走这段石阶。但那天，因为在松涛小卖部小憩了一阵，人也来精神了，于是就选择走大路下去。

正在绕第二个大弯时，我们看见三个女孩子挤在一丛花树前，一边拍照，一边叽叽喳喳地讨论——这是什么花来着？样子长得好精致呐！一女孩子说："好像是山瑞香。"三个女孩子边说边咔嚓嚓地拍照，而后笑呵呵地跑开了。

听女孩儿叽叽喳喳一说，老朱当即神情雀跃："咦，山瑞香，原来你在这里呀！"给老朱这么充满感情地一说，我们三个脑袋急忙齐齐凑到花前，只见路边岩石底下，长出的是小小的一丛灌木，大概有我大半个人高，花儿三三两两簇拥在枝头，甚是好看呐！花朵小巧可爱，白莹莹的，花瓣又有点浅皱的，像丝绒的感觉；花中心有很多粉红色的花蕊，花蕊向上伸展，有半个手指般长，花蕊管透亮亮的，把花瓣儿映照得泛出了红晕，就像一个二八芳华的小女子，喝了点小酒，脸蛋儿变得白里透红，更添了几分妩媚。微风拂过，微香飘飘，真让人陶醉呀。

当然，我们仨之中，最陶醉的该是老朱了——早前，老朱曾与“山瑞香”有过偶遇。老朱说，他有位同学家养了一盆花，花色就一如现在看到的这种小巧可爱的花朵儿一样，当初他问过朋友叫什么花？朋友说是别人送的，也不太清楚，好像是“山瑞香”吧。从此，老朱记住了有着“山瑞香”名字的可爱小花，也一直在白云山上寻找。

其实，我们爬白云山，经常走的都是松涛小卖部往桃花涧的路段，但是之前有多少次，或许因为来的不是时候，或许来的时候又因为抄近道走石阶，而错过了。因而，从没见过这树儿开花，也就没想过它能开花，更没想过能开出这样小巧美丽的花。如今，爬了十多年的白云山，在 3 月百花盛开的春天里，我们终于巧遇到了它开花，那真是没有早一步，也没有晚一步，刚巧就真的赶上了。我们那个激动哟，真是难以形容！那一天回家路上和回到家里，我们嘴里都还在热烈地谈论“山瑞香”。话语香香，笑容香香，仿佛把“山瑞香”带回到家里了呢！

甚好玩的是，第二天我们去拜访一位朋友，回来路上经过流花湖公园，于是便拐进去溜达溜达。而这么一溜达，却又瞧见了昨天在白云山上看到的“山瑞香”。公园里的“山瑞香”开得繁花似锦，我们呼啦啦跑上前，小朱眼尖，看到了树枝下有一块牌子，上面写着：“春花（车轮梅），科名：蔷薇科”。哇！原来，这白里泛红晕的美丽花儿，并不是我们一次再次以讹传讹的“山瑞香”，而是车轮梅呢！

此后的整个 3 月，每当周末去白云山，我们都必走松涛小卖部往桃花涧的

路段，并且都舍弃石阶近路，选择走大路绕大弯而行。于是，一整个月都与车轮梅相遇了。等到 3 月末，花开得差不多时，车轮梅就新冒出了一层嫩绿油翠的枝叶，那新叶子，翠绿绿的，很干净很漂亮。很快，一开始只有我大半个身子高的车轮梅，高过我了，又高过老朱了，最后高过了一米八六的小朱，长成了郁郁葱葱的灌木丛林。

只因与车轮梅相遇的那一份奇妙，于是，就算每年 3 月车轮梅花季过去后，我们只要走过松涛小卖部往桃花涧的路段，都不忘去看看车轮梅，那种感觉，就像是一个多年的老朋友、老相知，一直忠诚地等在那里，只等我们走到跟前，轻轻地说一声："哦！你在这里！"于是，人花尽欢，心儿倍喜。

后来，我们在孖髻岭、大草坪附近等很多地方都遇见了车轮梅，虽然这些地方的车轮梅长得也挺旺盛，花开也挺灿烂的。但是，我们印象中，最美最灿烂的，依然是从松涛小卖部往桃花涧路段所看到的那一小丛车轮梅。

红千层：

红裙舞动嘻唰唰

每次看到红千层，就会想起花儿乐队大张伟唱的那首旋律上口颇欢乐的《嘻唰唰》："嘻唰唰，嘻唰唰，嘻唰唰，嘻唰唰，嘻唰唰，嘻唰唰……"小朱说，这红千层和他在化学试验课中常用到的试管刷很相似哩。呵呵，我就比较俗啦，想到的都是与生活有关的东东。比如说，水杯脏了，找瓶刷来刷一下吧；茶杯脏了，找瓶刷来刷一下吧……越想越好玩，越想越有喜感。

不是要找瓶刷吗？怎么又扯到红千层去啦？有没搞错呀？没错，没错，这红千层花长得实在太像瓶刷啦！它的穗状花序，生于枝顶，形状为柱形，一丝丝花蕊颜色艳红，像一撮撮小毛刷，密密麻麻，层层叠红，远远望去，整个花序一簇簇，像一把把红色的洗刷瓶子的大刷子，因此它又有个俗称叫瓶刷树。

每年春末夏初，是红千层的盛花期，因为红千层的颜色又红又艳，花朵一层层，毛茸茸的一大团，如火如荼，不仅抢眼，还显得特别喜气可爱。而白云山的云台花园和回归林，都种有不少红千层，一树一树的红花，垂直而下，真是一片"火树红花，满枝吐焰"的盛景，就像是在开一场春天的红裙子party。当然，盛会上一眼扫过去层层叠红看似相同的红裙子，如果用心观察，其细部还是颇值得玩味的。

比如说，红千层的花蕾，穗状排列，绿绿的，大小像个鹌鹑蛋似的，边上长满了细细的白莹莹的小绒毛。树上长满了一串串绿色的鹌鹑蛋——想想这样的语句，用来形容植物，也是挺有趣的。而更好玩的是，这些鹌鹑蛋似的小花蕾，是在枝条上斜对称着长的，显得疏落有致，层次分明，有点像小学时代的男女同桌，顽皮地画条三八线，隔开一点点距离；也有点像情窦初开的少男少女，时不时偷偷地斜眼儿瞄一瞄他或她，满心儿的悸动，满心儿的欢喜。

等到含苞吐蕊时，鹌鹑蛋花蕾的口子张开了，此时能看到里面像错综复杂的红红小毛线团，先是中间的粗壮一点的雌蕊探头探脑地伸出长长的脑袋；尔后是包围在雌蕊旁的几十根细弱的雄蕊，一边攀援着雌蕊，一边羞答答慢慢地伸展开来。就像一个个小烟花炮似的，红红的花蕊，一丝丝，从上往下炸开，挤满了枝条。满树都是红裙子呀！哇！青春的红裙子舞会开始啦！风一吹，树枝摇曳，满树红裙子舞动，红光闪闪。如果碰上下雨天，那红裙子更好看了，花蕊上挂满了晶莹的小水珠，莹光闪闪，水灵极了。小朱说，那就是童话里穿上了水晶鞋的灰姑娘啦。

可能是早已远离了童话岁月，有时候看着花开满树的红千层，我却会联想到俗气的“祈愿树”。你看，一树一树的红千层花，红艳艳的，不就像人们用红布写了挂在树上的许愿条吗？

红千层原产于澳大利亚，可以长成灌木和小乔木。云台花园的红千层多数为灌木，而回归林的红千层，则基本上长成了小乔木，大概四五米高的样子。用红布写了许愿条，往树上抛挂，两三米的高度也正巧合适。这么一想，回归林的红千层，越发看着像许愿树的风姿啦。老朱和小朱都戏谑说，这想法好俗气哟。我笑答，生活本来就是世俗的嘛，看花，偶尔看得有些俗气，也是一种有趣的情怀呀。

当然，我们喜欢到回归林看红千层，还因为此处的红千层都长在水边。广西一个叫大明的诗人朋友曾经写过这么一小段文字：“小时候，跟母亲，去菜

园，她总说，丝瓜长在‘镜子’边。那意思是，丝瓜要栽在离水近的地方。”丝瓜长在“镜子”边，这话说得好有诗意。的确，丝瓜栽在离水近的地方，自然就可以天天亲近水，长得水灵清爽。而红千层呢，长在水边，天天以水为镜，一树一树的红花，垂直而下，层层叠红，映衬在碧水蓝天下，清亮亮的，灿烂中更显一番柔美的风韵。

红千层花开，还有另一种柔美的风韵——花序的顶端还能继续生长新的枝条。所以，如果认真观察，还能看到果实和花朵生于同一枝条上的景象。这也挺欢乐的，就像母亲和女儿，互相成为对方的一面镜子，女儿能看到自己的将来，母亲能看到过去的自己。留恋过去，梦想未来，这都是人世间颇为美好的两种情愫。

待到红千层花谢落后，柔美的风韵则变成一番好玩的趣致来啦。丝丝的花蕊随风飘落，像飘起了一阵阵的红雨。红雨过后，绿黄绿黄的花蒂依然留在树上，还是保持着穗状的模样。过不久，绿黄的花蒂变成褐色，长出了半球形的蒴果，果子圆鼓鼓，有点像铜钱似的。而这么多圆鼓鼓的果子紧贴在穗状枝条上，一串一串，真的好像串好的铜钱似的。老朱说，这感觉很对呀，红千层还有个名字叫串钱柳。红千层的叶子细长，与柳叶相似，细嫩的枝条垂下来，就像垂柳一样；红千层的果子，一串串，像串好的铜钱。所以，叫串钱柳实在是再适当不过啦。

花，像瓶刷；果，像铜钱。这层层叠红的红千层，真真好一朵世俗之花呀！

白千层：

层层压雪历沧桑

“风一来，就东摇西摆，活像千只万只的小毛刷，也不知道要刷树皮上的老皱纹呢，还是要刷树叶上的灰尘？我就想，这树到底叫什么名字？应该也有个极令人喜欢的名字才对！该不会叫‘木棉花’吧？树上一簇簇地，也很像白白的棉花，摘了填饱夹里，怕不缝出好几百件暖和和的冬棉袄哩！于是！我就自作聪明地叫它‘木棉花’。”

“我吓了一跳，原来不叫‘木棉花’啊！不过，我真是服了，‘白千层’这名字取得多有学问！的确是千层万层的树皮脱也脱不完，的确应该叫‘白千层’。可不是嘛，树皮千层，树叶怕不止万层哩！可不是嘛，花也千万层，像吊满树上的小毛刷。”

这是台湾女作家简媜在散文《白千层》里所写的两个小片段。文字活泼细腻，把白千层的个性写得好玩有趣：一是，开白花；二是，花一层层，长得像小毛刷；三是，树皮也是一层层，还会脱皮。

花一层层，长得像小毛刷，这和红千层的花长得挺像的。事实上，白千层和红千层的亲缘关系的确较近，它们同属桃金娘科植物，都原产于澳大利亚，果子是蒴果，呈半圆形，而且花轴在结果后会再延伸而生新枝新叶。

不过，虽然白千层红千层的名字相似，果子相似，但细细观察，花朵却还是有很明显的区别。

红千层的花蕾，穗状花序，像鹌鹑蛋大小，在枝条上排列得很疏朗，就像小孩子列队做广播操似的；白千层的花蕾，也是穗状花序，但比红千层的差不多要小一半，拥拥挤挤在一起，就像顽皮的小朋友在玩叠罗汉的游戏。红千层的花色，是层层叠红；白千层的花色，是层层压雪。花炸开后，花蕾大的红千层花，像红艳艳的大瓶刷；而花蕾缩小了一半的白千层花，白莹莹的，就像简媜文章里说的“像吊满树上的小毛刷”。更明显的区别是：红千层的雄蕊是分别独立开来的，而白层树的雄蕊则是卷成束的，等到即将谢落时，花色变成褐黄，雄蕊也才慢慢张开来，那乱蓬蓬的样子，有点像小女儿家的秀发，被大风吹得四处飞扬的模样。

说到树皮，那就更是印象深刻了。

白云山从桃花涧大门到松风轩这段路的两边，种植有两长排白千层。笔直笔直的白千层，长得很高很高，应该有二十米左右吧，给人一种直插云霄之感，这让长成灌木或小乔木、一般只有四五米高的红千层，只能望尘莫及。

因为白千层长得高，基本上看花是比较费劲的，虽然每年春天，细细观察一些低垂下来的枝条，偶尔也能看到一些白花，但一则本来白千层的花朵就比红千层的小朵，二则颜色也不像红千层是耀眼的艳红，而是白色，确切地说，是奶白色。花小朵，颜色不那么亮眼，又还长在高高的树枝上，自然就难以寻觅，也容易被忽略，所以也容易造成一种错觉，还以为白千层很少开花的呢！当然，造成这种错觉，也还有一个重要的原因——被白千层的树皮吸引。

白千层的树皮，长得实在太奇妙太独特啦，绝对让人过目难忘。小朱第一次看到白千层时，一边摸树皮，一边惊讶地大叫起来——哇！这树，会脱皮呢！那皮，好柔软哩，像我们小朋友做作业的纸一样，薄薄的，这树皮比我们的作业纸好看，有灰白色的，有淡褐色的，有灰黄色的，有黄褐色……喔，好多种

颜色呢！好漂亮哟！这漂亮的树皮能写字吗？

老朱应道：白千层的树皮，不仅能写字，还能够当橡皮用呢。

而我听到小朱的大叫，却想起了大学时候与白千层有关的趣事来了。是上大一的时候，教写作课的老师要求同学们写写自己看到印象深刻的广州公园里的树。我恰巧和同乡朋友周末去白云山看到了从桃花涧到松风轩大路两边的两排高大的树，树皮薄片状，一层层，像是要脱落下来的样子，我很是惊奇，但当时对植物并不了解，树上又没挂牌，于是就在交给老师的作业上写上了“那一排排脱皮树”，当时老师还打了个大问号？我也无法解释，老师似乎也不懂植物，所以，更是稀里糊涂说不清。后来，开始逐花看树，才知道原来这树叫白千层，它还真有个别称——脱皮树。

除了叫脱皮树，白千层还有另一个形象生动的名字：千层皮。那就是说，这大树有着千层万层脱也脱不完的树皮啊！说来，白千层的生长很特别，每年都向外长出新皮，并把外层的老树皮推挤出去，经年累月，树干“衣衫褴褛”，一层层旧的皮在外面披披挂挂，都随时像要剥落似的，这让每一株白千层都看似历经世事沧桑。而因为澳大利亚夏季十分干热，经常发生森林大火，原生于澳大利亚的白千层因为有层层叠叠的厚厚死细胞树皮，即使有大火，火一般也不会伤及里面还能生长的部分，更为奇特的是，不仅大火烧不死，白千层耐水耐旱，还能抵抗白蚁。能力真是高超呀！

外表看似“衣衫褴褛”，气度实则潇潇洒洒，能力更是超然绝尘，这不就是武侠大师金庸小说《射雕英雄传》里的丐帮帮主洪七公吗？这么一想，越发喜爱白千层啦。因而，每次爬白云山，如果经过桃花涧到松风轩这段路，我们总忍不住停下脚步，抬头仰望白千层粗糙脱层的树皮，经常忍不住伸手去触摸那层层叠叠的树皮，触摸其尽显岁月斑驳的痕迹，感受其久耐风霜的傲骨，惊叹其高超的生存能力！

当然，我们对白千层及其树皮的喜爱程度，比起 Cedric Pollet，那是小巫见大巫啦。

Cedric Pollet 来自法国尼斯，他小时候就热衷于植物学，对周围的树木很着迷。他在英国雷丁大学就读植物学专业时就开始记录各种树皮。从 1999 年拍下第一张树皮照片后，他陆续花了十年多的时间里遍访三十个国家，拍下了两万多张美丽的树皮照片。2011 年，年仅三十四岁的 Cedric Pollet 把他拍摄的各种树皮作品结集出版，起书名为 *Bark: An Intimate Look at the World's Trees*（《树皮之美：与树的亲密接触》）。

也就是在这本书里，我们透过 Cedric Pollet 的镜头与文字，才知道白千层还有更神奇的历史与文化。比如，白千层也有可以提炼香精油的种类，其中互叶白千层的新鲜枝叶经水蒸气蒸馏可得无色至淡黄色的精油，该精油俗称澳洲茶树油。澳洲茶树油的发现和使用至今已有一百多年的历史。起初，澳大利亚土著人将互叶白千层树的叶子捣碎或煎水用于治疗皮肤病，后来人们逐步了

解澳洲茶树油具有强力的消炎杀菌功效，在第二次世界大战期间还将澳洲茶树油发给澳大利亚战士用于皮肤受伤的治疗，当时澳洲茶树油还被称为“装在瓶子里的急救工具”。到了 20 世纪七八十年代，澳大利亚人根据澳洲茶树油的药用价值和工业价值，在医药、化妆品、日用化工、卫生清洁用品、女性护理液等领域研发出澳洲茶树油的一系列新产品，提升了现代生活品质。

哇！白千层，树皮千层万层，从过去到现在，用于人类生活，也是千姿百态呀！

木莲：

花房腻似白莲朵

白云山松风轩旁的小山坡上，种植有很多花。比如：有“恼得山僧悔出家”的辛夷花，有“紫薇花对紫微郎”的紫薇，有“刚好容得下三只最肥胖的蜜蜂”的软枝黄婵，有“养在山野的杨贵妃”野牡丹，有“赛龙舟之时开得最盛”的龙船花，有“整朵花儿犹如蛋白把蛋黄包裹起来”的鸡蛋花，有“洁白如雪花边皱褶如狗牙印”的狗牙花，有“蜡烛花蒂”的希美丽花，有“长着啤酒肚”的美丽异木棉……简直堪称个小花圃啦。

当然，如此万紫千红的小山坡，肯定不会缺少一种压轴花神的啦。老朱说，这秀丽小山坡的压轴花神当属木莲。

木莲？这该不是莲花的一种吧？——嘿！当初我和小朱，听到老朱说起这个花名时，也是这么问的哩。

那——当然是错的。大花迷老朱说，木莲嘛，又叫黄心树，与莲花没啥关系，不过呢，它开花的样子，倒是与莲花有点相似，都是花大如盘，而且还有淡雅的香气。

唐代大诗人白居易甚爱木莲，《旧唐书·白居易传》记载道：“居易在郡，为《木莲》、《荔枝图》寄朝中亲友，各记其状。曰：‘……木莲大者高四五丈，巴民呼为黄心树，经冬不凋。身如青杨，有白文；叶如桂，厚大无脊；花如莲，香色艳腻皆同，独房蕊有异。四月初始开，自开迨谢，仅二十日。元和十四年夏，命道士毋丘元志写之。惜其遐僻，因以三绝赋之。’”白居易绘声绘色地

描述了木莲的枝干、叶子，还有花与花期。枝干如青杨，叶子如桂花树，而花的香味颜色像莲花一样，但是心房花蕊不同，四月初开花，花期很短，只开二十天就凋谢。

我们在松风轩旁看到的木莲，花期稍早一些，是3月下旬开始开，4月上旬就差不多结束了。花苞绿中泛白，又长又尖，感觉挺刺人的样子。当第一层花被耷拉下来后，就露出了白白的花苞，虽然还是尖和长，但花苞上的一些波纹，添上了几分柔和。待花苞撑开后，花真是大如盘子，花瓣有六瓣，每一瓣都像个小水勺子，和莲花的花瓣倒是挺相似，只是木莲的花瓣要稍瘦一些罢了，而且，木莲的花心，绿中带黄，一小片一小片叠成柱子一样，像瘦长、带刺的菠萝似的，显得酷酷的。

虽然松风轩种植有十几株木莲，但木莲树是大乔木，高达二十米，高高的树枝浓密的树叶间，就只零散地开着几朵白中微带黄色的花，这里藏一朵，那里露一朵，开得散散淡淡，随心所欲。不细看，还不知道木莲花开了呢。难怪白居易在“三绝赋之”写的第一首诗歌中会这样感叹：“云埋水隔无人识，唯有南宾太守知。”当然啦，我们仨是绝对不会错过的，每年3月下旬，我们都会如期前往松风轩旁赏木莲花。

不过，白居易“三绝赋之”的第二首，有两句“红似燕支腻如粉，伤心好物不须臾”，“红似燕支腻如粉”，说木莲的花色是红艳的。而白居易还曾写有《画木莲花图寄元郎中》：“花房腻似红莲朵，艳色鲜如紫牡丹。

薜荔果

惟有诗人能解爱，丹心写出与君看。”元郎中即是白居易的好友元稹。这里的两句“花房腻似红莲朵，艳色鲜如紫牡丹”也点明了木莲的花色是红艳的。

可白云山松风轩的木莲却是白色的呀。呵呵，其实呀，在古代，植物分科还没那么明细，木莲和木兰是混为一体的。到了现代植物学有明细的分科后，木莲是木兰大家族中下面的一个木莲属。而且，现在的木莲已经有很多品种，比如，厚叶木莲、毛桃木莲、睦南木莲、香木莲等，颜色有红有白。而白云山松风轩的木莲是睦南木莲，原产于越南及老挝北部。

还有一种植物也叫木莲，大文豪鲁迅曾在《从百草园到三味书屋》中写过这种植物——“何首乌藤和木莲藤缠络着，木莲有莲房一般的果实，何首乌有臃肿的根。”有些晕了吧？鲁迅笔下的木莲怎么有藤的？那不是成了藤本植物吗？而木莲是可长到二十米的大乔木呀！

其实，鲁迅笔下的木莲，是一种非常古老的文化植物——薜荔。薜荔是藤本植物，最早出现在屈原的《九歌·山鬼》：“若有人兮山之阿，被薜荔兮带女萝”。屈原赞美山中女神——身披薜荔，腰缠女萝。明朝李时珍在《本草纲目·草八·木莲》写道：“〔释名〕：薜荔、木馒头、鬼馒头。”也就是说，至少从明代开始，藤本植物薜荔也有个别名叫木莲。

薜荔和无花果同属，也像无花果一样，花为隐头花序，藏花托中看不见，果实是由肥大的花托形成的聚合果，长得很像无花果，形如小馒头，怪不得俗称“木馒头”、“鬼馒头”。闻一闻，就连薜荔的果香味都和无花果差不多。而薜荔是雄雌同株，且雄雌都能结果。但果子里面却完全不同，雌性的皮很薄，里头有密密麻麻的种子及多汁的果肉，尝一口，很甜；而雄性的皮很厚，只有靠中间部位才有一些类似颗粒状的东西。

虽然雄雌两种果子外形挺相似的，但如果细看，还是能发现有些细小区别的：雌性的果比较小，是圆形的；而雄性的大一些，是梨形，头尖肚圆。呵呵，我乐了，笑着警告说——这雄性薜荔果，不就像中年男人吗，成熟啦，就会长圆圆的啤酒肚啦。已经步入中年的老朱，可要小心防啤酒肚哟！未来也会步入中年的小朱，也一样要提早小心长啤酒肚呀。

薜荔还有个别称“凉粉果”，那是说可将薜荔种子粉碎制作凉粉和提取果胶。食用时，将薜荔果的宿存花被和捣碎的薜荔果种子放入纱布袋，在温开水中浸泡揉搓，无需添加任何物质，就会自行凝结。这样制作出来的凉粉又叫“木莲冻”，晶莹剔透，特别细嫩。

说得直流口水啦！虽然至今，我们也没吃过用薜荔制作的“木莲冻”，不过这并不妨碍我们一往情深地喜欢薜荔。

白云山上很多地方都零星长着薜荔，但也有好几处长得相对大片和茂盛的地方。比如，山庄旅舍餐厅的一面屋墙上，曾经爬满了薜荔，衬托着红窗棂，长得跟民国时期流行的绣像地图似的，很有古意，可惜后来给砍掉了，古意飘然而逝。双溪古寺的门框矮墙上，也曾经爬满了薜荔，袅袅婷婷，如美女之长发，

农艺园的薜荔墙

婀娜极了，可惜后来也被砍掉了，剩下光秃秃的门框矮墙，寂寥无比。

好在，农艺创意园和西门附近的围墙边至今还长着成片的薜荔。西门围墙边的薜荔，是和三角梅杂长在一起的，三角梅是侵略性很强的植物，我们一直担心薜荔会不会被三角梅吞噬。但有趣的是，三角梅喜欢往上长，枝蔓搭到一旁的大树上，占领高空，而薜荔却聪明地沿着围墙左右伸展，占领低空，两两相安无事，倒是把长长的一堵墙，遮蔽得绿意婆娑，生机盎然。

而农艺创意园的一片薜荔，就长在有鸡笼石磨之类农具旁的泥墙上，相对自由些也滋润些。老朱每次到农艺创意园，看到薜荔旁边有杂草，都会动手把杂草拔掉。每当看到老朱这种小心翼翼侍弄薜荔的样子，我和小朱都笑他：这么费心，都把农艺创意园当成自家院子啦！老朱每次总是乐得“嘿嘿嘿”直笑！大花迷老朱，爱白云山的花木，真是爱到骨髓里去了！

山指甲：

纷飞白雪舞枝头

初春，走在白云山上，尤其走到松涛别院附近时，经常会遇到这样一个奇景：一层厚厚的“白雪”覆盖在绿叶丛中，风一吹，犹如滚滚雪浪冲泻而下。

春日飞雪——如果这是北方，那当然没什么稀奇的，不飞得满树满地白花花才怪呢。但这可是在亚热带广州呀。要在广州看到漫天飞雪，那真是很难很难，简直就堪比李白诗歌里所说的“难于上青天”了。

可是，松涛别院附近不是出现了“一层厚厚的白雪覆盖，犹如滚滚雪浪冲泻而下”的奇景么？对，是奇景！不过呢，制造出这种奇景的，不是天上的飘雪，而是山指甲花。

山指甲是一种落叶灌木，偶尔也会长成小乔木。白云山到处都长满了山指甲，尤以松涛别院附近最为浓密。每当初春时节，走在白云山上，不经意间，总会看到一串串、一簇簇的花苞，嫩白嫩白的，像一个个白色的小棉签头，密密麻麻聚在一起。很快，白色小棉签头，一嘟噜一嘟噜，肆意地绽放开来了，霎时，白色小花密密集集，似纷飞白雪飘舞在枝头。等到花开满枝头时，犹如滚滚雪浪，又如倾泻而下的瀑布，给人一种极具气势的视觉享受。

有趣的是，松涛别院所处的地方，有汩汩的泉流，以前这里曾经种满了松树。上个世纪 50 年代起，广州对白云山进行了大规模的人工造林。原省委书记陶铸亲自带领干部群众上山刨坑种树，种得最多的就是松树，“白云松涛”也成为新中国首批（1963 年版）“羊城八景”之一。但从上世纪 90 年代开始，白云山的马尾松开始感染线虫病，逐年减少，现在已没有松涛可听了。不过，虽然没松涛可听，但在山指甲花繁盛的初春，到松涛别院，伴着汩汩山泉水，看如滚滚雪浪的山指甲花，倒也有一种别样的意境。

看密密集集的山指甲花，是一种气势磅礴的意境；而单朵看和小簇看山指甲花，也别有一番风趣。

小簇看，山指甲花，如云似雾，有种仙气飘飘的意境。而单朵看，山指甲花小巧玲珑，极其清雅可人。花骨朵如珠似玉，一个个开放后伸出淡粉色比四片花瓣长更多的花蕊。花蕊上的花药是紫色的，密密麻麻开花时，能看到很多小小的紫色花药，有时候还错以为是一群群紫色的小蜜蜂在嗡嗡嗡地采蜜呢。不过呢，山指甲开花时，是有一股香味，尤其是刚开，花儿不浓密时，那股香味，散发的是一种淡淡的清香，非常好闻，自然很讨蜜蜂蝴蝶的喜欢，所以，蜜蜂们都嗡嗡嗡，快乐地在山指甲花上团团转，闹腾得欢欢的。等到小巧玲珑的山指甲花繁花满树时，那香味更浓烈得满山都能闻到啦。

如滚滚雪浪冲泻而下的山指甲花，还会散发浓郁的芳香，这是一种多么悦目醉人的赏花意境呀。但事实是，这种赏花意境还真让人有些矛盾呢。

山指甲花儿刚开始绽放时，花量少，花素雅清香，非常怡人。每当这时候，我们一家都喜欢到松涛别院看山指甲花，闻山指甲花的清香。因为这里的山指甲花长成大片大片灌木丛，很低矮，读幼儿园的小朱都能触碰到。小朱还说，看山指甲开花，就好像是看到了小雪花飘飘。

出生在广州的小朱，一直都没见过天上飘雪。老朱出生成长在梅州，那里很少下雪，但他曾去北方念过书，也实打实见过不少飘雪的美景。而我出生成长在粤北，在童年和读小学时，经常可见雪。当时为了防止小孩子上学冻着，家家大人都会用木头给自家孩子们做个小火盆。每当下雪天，小孩子们都拎着放着炭火的小火盆去上学，上课的老师旁边也放着个小火盆，整个课室暖烘烘的。所以，每当看到山指甲开花，我就常常想起家乡的隆冬，经过一夜大雪后，白雪挂枝，村庄银装素裹、孩子们提小火盆上学、教室里暖烘烘的美景。

但是，一旦山指甲花开得如滚滚雪浪冲泻而下，我们就会躲开山指甲花开得茂密的地方了——这是因为，山指甲花浓密时，香味浓重刺鼻，近嗅会令人稍感头晕胸闷。每当这时候，老朱免不了会念叨起宋代词人辛弃疾在《沁园春·将止酒戒酒杯使勿近》所写的一句“物无美恶，过则为灾”——花香淡雅，便很怡人；而一旦花香浓重，刺鼻熏人，却也只能让人敬而远之啦。

山指甲不仅花开得如滚滚雪浪冲泻而下，还会累果满枝呢。山指甲的果，球形，一个个像小黄豆般大小，初时是青色，熟时紫黑色。别看果子不大，但其用处可大啦。山指甲果实可酿酒，种子可制肥皂，茎皮纤维可制人造棉，药用，抗感染，止咳。山指甲的药液可用作皮肤消毒，让烧烫创伤面很快形成痂膜以保护伤口。据说，民间有用山指甲作为治疗口舌溃烂的良方。不过，要注意的是，山指甲果实是不能吃的，如果误食山指甲的果实，可引致腹泻，甚至死亡。

其实，在植物界，还有一种更加知名的指甲花，那便是女孩子都特别喜欢

的凤仙花。

凤仙花长得很特别哟：形状很像一只头、足、尾、翘都向上翘、生机盎然的凤凰，凤仙花之名由此而得。老朱说，唐代诗人吴仁璧曾写有一首《凤仙花》：“香红嫩绿正开时，冷蝶饥蜂两不知。此际最宜何处看，朝阳初上碧梧枝。”这诗大意是说：夏天，当凤仙花在鲜嫩的绿叶间开出鲜艳无比的鲜花时，那些只在春天出现的蝴蝶和蜜蜂们，哪里知道它的美呀。我们现在看到的美丽凤仙花最像什么呢？就像太阳刚出来的时候，一只漂亮的凤凰正栖息在碧玉装扮而成的梧桐树上。吴仁璧的这首诗，是比较早咏到凤仙花的古诗，既强调了凤仙花夏天才开放的特色，又描绘了凤仙花像一只凤凰栖息在梧桐枝的美态。

凤仙花的花瓣有单瓣和重瓣，花期从 6 月一直开到深秋，花色繁多，有紫、红、粉红、玫瑰红、雪白等，还有一朵花开几种颜色的复色花。凤仙花不仅花长得很特别，种子也极有个性：凤仙花的种子，中药叫做“急性子”。原来，

单瓣凤仙花

成熟凤仙花果实的长椭圆形果荚挂在枝头像个微型的炸弹一样，只要人或动物轻轻一碰，或被大风刮到，果实马上就“炸”开，把里面的种子弹出来，远远地散播到各处去繁殖。可能是人们观察到的情形都相似吧，原产于中国和印度的凤仙花，被传到英美以后，西方人给它起了个有趣的英文名字，叫“Touch me not”。意思是“不要碰我！”说的便是凤仙花种子的这种“急性子”的特性。

说了半天凤仙花如何如何漂亮，可和“指甲”没什么关系呀？为什么女孩子会特别喜欢凤仙花呀？我和小朱都急急问道。老朱说——那是因为在我国民间，自古以来就使用凤仙花的花瓣来染指甲，把凤仙花的花瓣捣碎，用树叶包在指甲上，能染上鲜艳的红色，非常漂亮。所以，凤仙花又有“指甲花”、“染指甲花”之称。

关于“染指甲花”，还有一个美丽的传说——唐朝著名歌妓李玉英善弹琵琶，她很喜欢用凤仙花的花瓣把长长的指甲染得红艳艳的。弹奏时，她犹抱琵琶半遮面，用鲜红色的长指甲轻轻拨弦，琵琶发出如山涧流水般的优美音律，令很

重瓣凤仙花

多王孙公子叹为观止，称她的弹奏为“落花流水”。

白云山上的农艺创意园就种植有这种凤仙花哟！有粉红色的，有玫瑰红色的。我曾经摘了瓣玫瑰红的凤仙花瓣，用手捏碎，涂抹在手指甲上，很快就见到了淡淡的玫瑰红。不过，因为不是用树叶包在指甲上，而只是匆匆涂抹，颜色很快就没了。但，总算过了一回“染指甲花”的瘾，心儿可乐啦。

对了，还有一种何氏凤仙花，原产非洲，是单瓣花，颜色有红色、桃红色、紫红色、橙色、橙红色、纯白色、白色斑纹等，这花还有一个特别诗意的名字：玻璃翠。玻璃翠的花期也很长，基本上一年四季都可以看到开放，白云山上的云台花园就种有很多。不过呢，就是还没弄清楚，何氏凤仙花能否像凤仙花一样用来染指甲？爱美的花神们，有谁知道吗？

贴梗海棠：

猩红焰火逝如烟

“投我以木瓜，报之以琼琚。匪报也，永以为好也！”——这是《诗经·卫风·木瓜》里的一句诗。琼琚，是指美玉。这句诗直译是说，“你把木瓜投掷到我身上，我赶紧把美玉回报给你。不是为了简单的报答，而是为了永远与你相好呀！”

中国最早的诗歌总集《诗经》大约成书于春秋中期。那时候，木瓜就被作为爱情的媒介在使用了——你投给我的虽然只是木瓜，而你之情实在贵重；所以，我以美玉相报，亦难尽我心中对你的感激和爱恋。由此也可见，木瓜在我国有着悠久的历史，是一种有着浓厚文化底蕴的花木。

说起“木瓜”，现代人似乎并不陌生，菜市场超市里经常能见到，“木瓜”橙黄色或黄色，个子大大，肉墩墩的。这想来就有点好玩了。“投我以木瓜，报之以琼琚”——木瓜那么大个，把大木瓜投给对方，投的人（女方）吃力，受的人（男方）惶恐（怕被砸伤）。这谈情说爱的画面，实在欠缺美感。小朱嬉笑说：妈妈要是把木瓜投给爸爸，爸爸一看砸过来这么大的一个木瓜，躲闪中还真不一定能接得住，木瓜掉在地上，会砸个稀巴烂。

老朱乐啦，大笑：《诗经》里所说的“投我以木瓜”的木瓜，就算只有四五岁的小朱，也一定能接得住的，因为《诗经》里的木瓜不是我们现在菜市场超市里看到的木瓜。《诗经》所说的木瓜，是一种很小的木瓜，比如说，贴梗海棠结出的皱皮木瓜就是其中的一种；而超市和菜市场里见到的木瓜则是番木瓜。

番木瓜

番木瓜是一种常绿小乔木，果子肉墩墩的，熟透时颜色金黄，但模样不是那么规则，有长圆球形、倒卵状长圆球形、梨形或近圆球形，可生吃，可煲汤。不用说，爱漂亮的女孩子们，最熟悉的就是“木瓜炖雪蛤”这一道美容养颜汤啦。番木瓜原产于墨西哥，待传到中国时，最早也应该是 1429 年哥伦布发现美洲新大陆之后的事了。

而木瓜是一种丛生小灌木，在公元前六七世纪的春秋中期就在文学作品中出现了，至少要比番木瓜早了两千年。贴梗海棠结出的木瓜，瘦瘦的，泛青色，皮有些皱，因此被称为“皱皮木瓜”。成熟后的皱皮木瓜，形态奇特，像是位置长得倒错的梨，因此又有“铁脚梨”之称。成熟的皱皮木瓜芳香浓郁，具有很高的药用价值和食用价值，可用来制作蜜饯，可入药，可用来泡酒，有舒筋活络与和胃化湿的功能。《中华药典》记载长阳的“资丘皱皮木瓜”是一种野生药性木瓜，具有独特的药用和保健价值，有“百益之果”之美誉。皱皮木瓜还有个别称“宣木瓜”，那是因为在古代的安徽宣城盛产木瓜，且最为有名。

皱皮木瓜和番木瓜，如今在白云山上都可看到。

番木瓜比较常见，如农艺园坡顶右边的石阶两侧各种有一棵，树上每年结的果子都不少，一开始青绿绿的，大大个，挤挤挨挨在枝丫下，走过石阶时，总有些担心会被大个子的番木瓜砸到脑袋瓜儿。等到成熟时长成金黄色，游客经过时常常会停留在台阶上，望着大大个金灿灿的番木瓜，直流口水。

至于皱皮木瓜，则是种植在梅花谷里，有一小丛，大概十几株，很少见到结果子，偶尔见过结出三几个鹌鹑蛋般的小果子，颜色青青的，皮皱皱的，但往往没等到成熟，就已经不见踪影。不知道是因为其药用价值和食用价值太高，还在青涩期就早早被人摘去，还是因为广州的气候，而导致不仅果子少少，还早早就凋落？

虽然，贴梗海棠的果实皱皮木瓜给我们留下了遗憾，但欣喜的是，贴梗海棠的花，却给我们带来了另一番奇趣。

梅花谷，紧邻黄婆洞水库，是一个长满了梅花的小山谷，尤以白梅最多，也有粉色梅花。平常这个小山谷很幽静，基本没什么人光顾，但等到梅花盛开得最旺的12月和1月，小小的山谷挤满了游客。待到梅花凋落，早春悄然而至，山谷又恢复了往常的平静。也就在这静寂时分，贴梗海棠静悄悄地开了。

先是疏疏的三两朵，俏俏地缀在枝头，东一团，西一簇，猩红的花色，如跳跃的火焰。要不了几天，这火焰迅速就蔓延了整株。十几株贴梗海棠，成丛成林，同时跳跃着猩红的火焰，绚烂耀目。此情此景，用成语“如火如荼”来形容，当是最恰当不过了。

当猩红的贴梗海棠，东一团西一簇地缀在枝头时，经常地，小小的梅花谷里，就只有我们一家三口，饶有兴趣地绕着花儿看呀看，拍呀拍。贴梗海棠植株不高，只有一米多高的样子，和四五岁的小朱差不多高。花朵就开在眼前，真好，贴梗海棠寂寞地开，我们六只眼睛可以随意细细地赏。

贴梗海棠花开得很有个性，那一朵朵花后面的梗极小，基本上是贴着黝黑瘦挺的枝条生长的。贴梗海棠——这名字起得太贴切啦。花开得不大，有单瓣，

番木瓜花

有重瓣。花色多样，有淡红、橙红、桃红、月白等颜色，还有粉白相间。花瓣光洁剔透，相映成趣。不过，贴梗海棠最常见的花色是猩红色，艳丽无比。此时，小小的梅花谷，因为梅花多数已凋谢，其他的花儿又还没怎么灿开，就算有灿开的，但因为只是零星种植，也难比得上十几株开满艳艳红花的贴梗海棠，成丛成林，如火如荼，实在是越看越叫人欢喜得很。

因而，每当十几株贴梗海棠开得如火如荼时，梅花谷里又多了些人影，但比起梅花盛开时节的游人如鲫，还是清静很多寂寞很多的。这时候来看贴梗海棠的人，多半该是爱花寻花之人了吧。他们拍拍花儿，而后就躺在贴梗海棠边的青草地上，享受阳光享受花香。

春光无限，红花灼灼，此情此景，很容易让人诗兴大发。于是，老朱念叨起了唐代诗人刘言史写的《看山木瓜花二首》：其一“裛露凝氛紫艳新，千般婉娜不胜春。年年此树花开日，出尽丹阳郭里人。”其二“柔枝湿艳亚朱栏，暂作庭芳便欲残。深藏数片将归去，红缕金针绣取看。”裛，是沾湿之意。这两首诗的大意是说：阳春三月，猩红、粉红、橙红、月白等各种色彩的贴梗海棠花怒放争妍，远远望去灿若朝霞，婀娜婉约，艳丽动人；空气里四处充满了花香，一派勃勃生机，城里人都出来踏青赏花了，归家时还不忘带几朵花儿回去珍藏，说不定还收藏了一份女儿家的心事，她们还要将这份深情用针线绣出来呢！

其实，贴梗海棠的枝上长满了一根根小刺，要摘花，不仅要不怕疼，还得小心翼翼才行。看来，古代爱花的

女子，都挺勇敢挺细心的。也难怪啦，古代女子平时难得有机会出门，好不容易有一次出门机会，在大好春光中遇见艳丽动人的贴梗海棠花，自然是满满的心事随花开，再思量着把满满如花的心事绣出来。至于现代女子，不用这么折腾，只要喜欢，随时都可以出门寻花看花。一如现在的我，每个周末都和老朱小朱一起，去白云山寻花看花。

秋天，梅花谷的贴梗海棠开始落叶。落叶后的十几株贴梗海棠，容貌清瘦，铁杆虬枝，显出桀骜不驯的铮铮傲骨。我们仨大笑说：这贴梗海棠，该叫“铁梗海棠”啦！我们一家子在贴梗海棠花前，闹得欢欢的，心情靓呀靓，日子美呀美！

从 2016 年开始，白云山的梅花谷进行扩建，这一小片贴梗海棠，早已经被挪走，也不知被挪到了何方。如今，曾经种过贴梗海棠的那个地方，已种上其他花。虽然贴梗海棠不见了影儿，但每次在梅花不曾盛开的时候经过梅花谷，我们仨都还是忍不住走进去，逛到曾经种过贴梗海棠的那一小片地方，想一想那些年的春日，那些年的贴梗海棠花开，花事已如烟。

三色堇：

仙气飘飘花猫脸

喜欢动物是孩子的天性。咱家的小朱，也不例外。小朱在家里曾养过：一只仓鼠、两只乌龟，三条小鱼，四只小虾……

某个早春的周末，老朱对小朱说，今天爸爸妈妈带你去云台花园看猫儿捡，开心吧？

当然开心啦！小朱一蹦老高，小嘴甩出一句话：猫儿脸，是什么猫来的？

老朱眨眨眼睛，卖关子说：花猫。哈哈，我一听，捂嘴偷笑。

很快赶到云台花园，一进门，往右手边走，青绿绿的草地中间，有一大片开满了花儿的草本植物。植物不高，大约二三十厘米，但花儿的色彩繁多，有红的、白的、紫的、黄的、蓝的、橙的……花瓣有五瓣，近圆形，边缘呈波浪形，风一吹，花浪翻飞，煞是好看。

每朵花的色彩层次都极其丰富，花瓣五瓣，除了有两瓣竖起来的，颜色是纯色，其他三瓣都分别有三种颜色，仿佛是被水彩画笔涂鸦出来的颜色，还对称地分布排列，构成的图案，有些形同猫的两耳、两颊和一张嘴。

小朱虽然没养猫猫，但是他对猫儿并不陌生，因为他最喜欢的非非表姐，是宠物店的店长，店里养着很多漂亮的小猫，他去过好几次宠物店玩，看过好些不同品种的漂亮猫咪，对猫咪的长相再熟悉不过啦。此时此刻，小朱快乐地嚷嚷道："我知道啦，我知道啦，这花儿长得像猫咪的脸蛋儿，所以，就叫猫儿脸。哈哈哈哈，花的脸上好多种颜色，应该叫花猫脸更好听哩。爸爸妈妈，我说得肯定没错吧。"

对啦对啦——因为长得像猫的脸蛋，此花被称作猫儿脸、花猫脸。其实，这花儿还有很多别名呢，比如说，人面花、鬼脸花。我个人还是比较喜欢鬼脸花这个名字，感觉像是氤氲着一种神秘的气息。英国博物学作家理查德·梅比在其所著《杂草的故事》一书中关于"三色堇"的篇章就这么写道："它的花看起来像一张脸，有两道高高的眉毛、两颊和一个下巴，上面还有看起来很像眼睛或笑纹的细线条。它们常见的外观是暗乳白色的花瓣上有几道紫色条纹。有些花可能会戴着深色眼罩，有些花眉毛或下巴上可能长着紫色的美人痣。"

可是，这篇花文章的题目不是叫"三色堇"吗？怎么又叫猫儿脸、花猫脸、人面花、鬼脸花了呢？

其实呀，猫儿脸、花猫脸、人面花、鬼脸花，与三色堇都是同一种花的不同叫法。猫儿脸、人面花、鬼脸花是通俗叫法，名字土土的，但很形象生动，也接地气。而三色堇是学名，这名字是西方人惯有的叫法。

花有很多别名，这的确是寻花爱花人的一大烦恼，但同时也是一大乐趣。不同的人，看花可以看出不同的模样不同的心情不同的境界来。小朱喜欢动物，所以非常喜欢猫儿脸这个名字。而我喜欢写写文字，当然也爱做做梦，所以更喜欢鬼脸花这个带有神秘气息的名字。老朱是搞古典文学的，但眼界比较开放，他说西方人都惯叫三色堇，此花原产于北大西洋中的一个岛国冰岛，为冰岛国花，也是波兰国花。那他就崇洋媚外，喜欢三色堇好了。嘿嘿！这也好玩，一家子看花，土洋结合，更看得美妙有趣。

西方人喜欢三色堇，还赋予了三色堇很美丽的神话传说。有人说，三色堇上的三色图案，是天使来到人间的时候，亲吻了它三次而留下的。也有人说，

当天使亲吻三色堇花的时候，她的容颜就印在花瓣上了。有仙气的天使亲吻过的花，难怪那么好看。

还有两个关于三色堇的神话传说，都与美神维纳斯及她那个顽皮的儿子爱神丘比特有关，这让三色堇更有了一种仙气逼人的气息。

传说很久以前，堇菜花是纯白色的，白得像天上的云。小爱神丘比特手上的弓箭具有爱情的魔力，射向谁，谁就会情不自禁地爱上第一眼看见的人。可惜，小爱神既顽皮，箭法又不准，所以人间的爱情故事常出错。有一天，爱神又找到一个男子，准备向他射箭。谁知道一箭射出，忽然一阵风吹过来，这支箭竟然射中白堇菜花。瞬间，白堇菜花的花心流出了鲜血与泪水，这血与泪干了之后再也抹不去了，从此白堇花就变成了三色堇。

另一个传说，与美神维纳斯的嫉妒有关。相传天国里有个大花园，每年春暖花开时，花园里都会长出很多好看的奇花异草，引来众天神到花园赏花。这一年，赏花的时间又到了，天神们都在津津有味地围观白色的堇菜花儿，赞不绝口，谁也顾不上看美艳动人的美神维纳斯一眼。受了冷落的维纳斯，心里嫉妒极了。天黑，天神们都回家去了，维纳斯走到堇菜花跟前，举起皮鞭便向堇菜花抽打，直到打累了才停下来，心想这下堇菜花该死了吧。没想到白堇菜花虽然受了重伤却依然坚强地活着，只是因为挨了鞭打，它的脸上青一块，紫一块，留下了深浅不同的斑痕，成了“花猫脸”。堇菜花从原来的单纯白色变成了一朵花上有好几种颜色的三色堇，这种“花猫脸”使它看起来比以前更加美丽动人，在赏花会上赢得了众天神更多的称赞。

西方人赋予三色堇的神话，很传奇。而咱中国人呢，却比较实在，把三色堇作为了美容的秘方，用来杀菌、治疗皮肤上的青春痘、粉刺、过敏问题。明朝李时珍撰写的中国古典医学圣典《本草纲目》详细记载了三色堇的神奇去痘功效：“三色堇，性表温和，其味芳香，引药上行于面，去疮除疤，疮疡消肿。”

西方，神话，传奇，浪漫；中国，美容，实在，接地气。中西方不同的看花眼界，互相辉映，甚为有趣。

还有一种带有堇字的草本植物，名字叫夏堇。原产于越南，长得低矮，与三色堇的株高差不多，都是二三十厘米高。三色堇属于堇菜科堇菜属，夏堇属于玄参科蝴蝶草属，虽然两者完全不同科属，不过，两者开花倒是有点衔接。三色堇是占尽春天的花卉，夏天一到就凋落。而此时夏堇开始盛开，继而成为夏季草花的主角。

像三色堇一样，夏堇的别称也很接地气，甚至更土里土气，与猪呀草呀有关，叫兰猪耳、花公草、蓝猪耳，看得人忍不住发笑。

从花色来看，夏堇与三色堇，倒是有几分相像，都是一朵花上有三种颜色，只不过相对来说，夏堇的三种颜色，一般是外层桃红色第二层白色中心黄色或者外层蓝紫第二层白色中心黄色等三色辉映，色泽过渡分明，更趋向纯净，不如有花纹的三色堇那么有层次感。

从花形上看，三色堇的五瓣花瓣是全部伸展张开的，显得很大朵；而夏堇的五瓣花瓣是竖起来的，欲开半开，有点像个小漏斗，显得小巧玲珑。有时候看这两种花，我会想起熟女和少女的字眼。大朵伸展张开的三色堇，优雅，灼热，妩媚炫惑；小朵欲开半开的夏堇，淡雅，婀娜，楚楚动人。

看三色堇，看夏堇，看妩媚炫惑的熟女，看楚楚动人的少女，撩拨春光，撩拨夏阳，当真是美景无限好！

夏堇

红花檵木：

红浪翻飞漫春光

“爸爸妈妈，快看呀！那个‘檵’字很难写的红花檵木，开花啦！”——每年三四月，一走到白云山的山顶公园，看着被修剪成圆圆灌木球样、高度与读幼儿园的小朱身体差不多的红花檵木，小朱就会叽叽喳喳喊出这么一句话来。

檵，结构复杂，笔画多多，共有十八画，着实难写呀。读幼儿园的小朱，一开始看到这字，就吓得直吐舌头，哇！哇！哇！像天书哟。还别说，十多年后，有了微信，我把红花檵木花开的照片发上微信，朋友们都一个劲地赞美花的特别和美丽，有说“颜色浓艳，好像拼尽全力泼染春天！”有说：“这花丝精巧，像用剪纸剪出来的”……而后，好些朋友还留言问：“檵，第一次看这字眼，怎么读呀？”哈哈哈——我边笑边答复：檵，读继续的继。

大人们都看得头疼，当时上幼儿园的小朱当然更是头痛不已啦。小朱就曾经嘟囔说：“檵，既然读继续的继，为什么这花儿不干脆写成‘红花继木’，大家都认得啦，写起来也不用太累啦。”但头痛归头痛，小朱倒是把红花檵木的名字记得一清二楚啦。

有时候，还真是看到有写成红花继木的，但每每看到红花继木，心里就会感觉这花儿平淡了很多。而红花檵木就不同了，一看到这个笔画多多写起来麻烦不已的“檵”字，立马就感觉有了一种幽幽的古意。所以，尽管红花檵木，又名红继木、红梽木、红桎木、红梽花、红桎花、红花继木，但我还是最喜欢笔画多多的红花檵木。在大学里教授唐诗宋词的老朱就更不用说了，更是绝对

百分百推崇写起来颇累人的红花檵木。

其实，认真琢磨一下，觉得这笔画多多的红花檵木的“檵”，与花儿的模样，还真是挺合拍的——字，是密密麻麻的笔画，写得纠结；而花，也是密密麻麻的“细条条”，数得纠结。

红花檵木，花如其名，红。不单只是花红，叶也红，一年到头，都红个不停，那红，有艳红，紫红，反正都红了个透。它的嫩枝是红褐色，嫩叶是淡紫红色，老叶呈暗红色，开出的花朵则是紫红色的，花瓣形状很特别，与一般的圆形、卵圆形或椭圆形花瓣不同，红花檵木的花瓣呈线形，像是孩子们手工课上用彩纸剪出的三四厘米长的细“条条”。

每当二三月份，山顶公园那五六株球状红花檵木，挤挤挨挨的暗红色小枝条和红褐色叶片之间，开出了紫红色的细“条条”。细细看，每朵花有四枚花瓣，

每一个小枝端簇生着四至八朵花，每朵花有四枚花瓣，那么一算，最多时一朵簇生花就有三十二枚花瓣。当三十二枚带状线形的紫红色花瓣，同时向四面八方舒展开来，密密麻麻，还真是极为壮观。当一整个灌木球盛开时，那壮观的程度，简直像一片红海，风一吹，红浪翻飞。

白云山许多地方都长满了红花檵木，有被修成灌木球的，有自由生长成灌木丛的，也还有长成了小乔木的，比如，云台花园的温室旁就有一株五六米高的红花檵木，在二三月份花开盛期，都可以看到一簇簇的红浪翻飞在枝头。而要看到最热烈的红浪翻飞的盛景，最好的地点莫过于从桃花涧往明珠楼景区方向的第一个拐弯的弯口山坡上：延绵五六米的红花檵木灌木丛，红得排山倒海，就像网友形容的那样——“颜色浓艳，好像拼尽全力泼染春天！”每当红花檵木盛开时节，一走到这里，我们仨先是“哇哇哇”赞叹，尔后就是举起手机相

机“拍拍拍”。其实，这片壮观的红花檵木是长在半山坡上，我们根本上不去，不过，远看也已经足以感受到其排山倒海的气势啦。

经常地，我们在拍这片红得排山倒海的红花檵木时，都会有游客问：“这是花开吗？不是叶吗？”我们答，二三月份就是花开，其他时候是叶红。红花檵木一年四季红个不停，即使没有花，也如此热烈。这有点像一个骨子里总是透出热烈情怀的人，随时随地都能让人们感受到它的热情，继而被这热情彻底感染。也因此，红花檵木常常被修剪成灌木球、盆景等，特别适合用来做彩叶观赏植物。可能因为红成了日常，见惯不惯，到了红花檵木开花时，人们反而常常很容易忽略了它那紫红色的花“条条”。当然，喜欢逐花的我们仨，是绝不会错过的，而且是越看越发现红花檵木有“奇色”。

比如说，读幼儿园时候的小朱，发现红花檵木差不多有拇指那么长，所以，

白花檵木

小朱爬白云山，每到红花檵木花开时节，就喜欢用手指去比对一下，看看花“条条”长，还是他的手指长。有时候，他抚摸着条形花瓣，还会说，这丝丝花瓣好像他们班里的女孩子跳舞时舞动的小红绸子哩。

而我看红花檵木的花瓣，总觉得，细软，修长，似红粉佳人不经意间翘起的纤纤玉指。尤其是它的颜色不是一般艳红，而是紫红，有种端庄、内敛，更暗合红粉佳人的气质。

老朱看花，比我和小朱更细腻。说来，我和小朱更着眼于红花檵木盛开后的模样，而老朱呢，却看到花开的小小细节：簇生的花，开始像个红红的小圆球；当圆球慢慢涨开，吐出一瓣瓣花瓣，此时的花瓣，弯弯的，打着卷卷儿，顽皮又好看；尔后，卷卷儿的花瓣伸直，四面八方舒展开来，变成细条条的绸带，迎风飞舞，灵动极了。还有，老朱还看到了红花檵木的果实，褐色，卵形，光亮，还长着很多细细的绒毛。我和小朱甚是惊奇，因为我们还一直不知道红花檵木能长果儿呢。

后来，还有更惊奇的事情发生——我们回连州过年，竟然在连州的河堤上看到了一株开白花的檵木。我们仨还是第一次看见白花檵木，老朱感叹说，曾经看到有书上说有白花檵木，但一直无缘相见，想不到却在家乡见到了。

白花檵木的花形，与红花檵木没什么区别，簇生花，细条形，往四面八方舒展开来。不过，花色白，倒给人一种文文静静之感，尤其是在这清清河水边，更有着一种清朗的气息，让我们的心情，变得淡泊，安静。

但也就只看到一株，后来我们找来找去，在连州却再也没看到有第二株白花檵木。或许，红花檵木，色泽紫红，花开得张扬又放肆，更适合生长在热闹的大都市；白花檵木，色泽洁白，花开得淡定又从容，更喜欢偏安于山清水秀的小山城。这不就是人生的两种境界吗——红的豪放，白的文静，相映生辉。

钞票树：

如梦似幻飘仙气

“啪！”一声响，一个鹌鹑蛋般大小的橙红色肉球，突然砸到地上！肉球向下的一面迅速炸裂开来，流出红红的肉浆；而向上的一面，长着很多小果粒，呈放射状，一粒粒鲜红如血。小朱说酷似无数颗细小晶莹透亮的红宝石攒聚而成，老朱说像酸酸甜甜让人直流口水的杨梅，而我则说像无数根红毛线精心编织的奶奶们最喜欢的绒线球。

然后，我们各自捡起一颗橙红色肉球，细看起来。这么一细看，我发现橙红色肉球上的一个个竖起来的小果粒，水嫩嫩的，好像染过红色指甲油的美女素手。我乐啦，说，这橙红色肉球像奶奶们最喜欢的绒线球，奶奶们曾经貌美如花，纤纤素手不就如这水嫩嫩的小果粒嘛。小朱说，小果粒都透亮亮的，也好像晶莹透亮的红宝石呀！老朱说，像杨梅也不错呀，这是构树果，能吃，味道酸酸甜甜的，构树还有个别名就叫假杨梅哩！老朱还补充说，其实呀，构树的别名多了去了，除了假杨梅，还有构乳树、楮树、沙纸树、钞票树等。

哈哈哈，如此一闹，很快，疲惫感就消散啦。

这快乐的一幕，就发生在从茶山小卖部往回归林路段。说来，每次爬白云山，从濂泉门走到西门，十多公里的路程，到了茶山小卖部，已经离西门不是很远了，但此时经过了长途跋涉的我们仨，脚步挪动得缓慢，疲倦开始困身。也就在我们都感到身心俱疲的时候，从茶山小卖部往回归林路段的马路右侧的十余棵高大的构树，每到六七月份，就会出现奇趣的一幕——啪！啪！啪！往地上砸下红红的果子来。于是，我们兴奋地绕着高大的构树转呀转，耳边听着断断续续的“啪，啪，啪”，满地的肉球，满地的浆果，疲惫一扫而光，心情顿时舒畅无比。也因此，每年六七月，为了看那橙红色肉球，从濂泉门走向西门，就经常成为我们爬白云山的固定路线。

构树是大乔木，长得太高，不注意的人，很难看清花儿的影子。也因此，很多人只注意到红艳艳的构树果，却对构树花不曾在意哩。

其实，构树在白云山很多地方都能见到。比如说，九龙泉附近，黄婆洞水库周围等都有零散生长，而能仁寺的屋顶上，还经常能看到茁壮成长的构树小树苗。构树比较粗生粗养，或许是狂风吹来的种子，或许是飞鸟衔来的种子，它们都能恣意生长。

说来，构树的橙红色肉球果，虽然能吃，但吃下也只能说是一种品尝了，因为果子虽然看上去挺大个，但能够吃的也只是果子周围瘦弱的放射状颗粒，而且其甜味又太过浓稠，甚至有一股成熟过头的腥甜腻气，还不如酸酸甜甜却能给人一种清爽刺激味的杨梅，所以，吃了两颗橙红色构树果后，一般不会再想吃上第三颗。小朱吃了半颗，我吃了一颗，咱家大花迷老朱奋勇当先，但吃到第三颗，也只是舔舔就作罢啦。或许，在水果匮乏的年代里，构树的橙红色肉球还能成为水果的替代品，但在今天水果丰富的年代，构树的橙红色肉球在更多时候则成为鸟儿的美餐。经过鸟类取食传播，构树野生得更为繁茂，山林茂密的白云山自然也处处可见构树的身影啦。

虽然处处可见构树，但在白云山上要欣赏构树花，最适合的地方却是山庄旅舍往荡胸亭沿途的马路右侧这一路段上。那是因为其他地方的构树，一则太高，二则太零散，而山庄旅舍往荡胸亭沿途的构树虽然也长得高，但这路段的右侧是山谷，树从山谷往上长，长到路上时，有些构树就刚刚好比路面高一点，人靠着路面栏杆，就能很自在地赏花啦。

构树是雌雄异株，每年三四月开花。雌花为头状花序，先是圆圆的小球长出了长短不一的淡紫色花絮；花絮呈放射状，弯的直的杂扭在一起，柔软，婀娜，撩拨出一团淡紫的云雾。慢慢地，花须会全部变成乳白色，眼前晃荡着的便是一团乳白色雾气。如果细心观察，能有机会看到花须半边淡紫半边乳白的雌花，那真真是美呆了，一半是淡紫云雾一半是乳白云雾，好仙境的感觉哟。我们仨曾经在山庄旅舍往荡胸亭沿途的马路右侧的山谷边看见过这种仙境般的花开，当时老朱就来了那么一句——构树雌花开，如烟如雾，如梦如幻，有种仙气飘飘的美呐！

雌花

相比梦幻般的雌花，雄花长得就平淡多了，甚至可以说是丑陋。

雄花为长圆柱状的葇荑花序，也就是俗称的穗状花序。雄性花的圆圆小花蕾刚长出来时，下垂的穗状花串像是倒挂在树枝上的一只只草绿色毛毛虫，让人不禁浑身起鸡皮疙瘩。不过，别看这“绿色毛毛虫”样的雄花，样子丑陋难看，但却也是一道美味，可以煮可以蒸，尤其是蒸出来的构树花甚为清香，蘸点蒜泥吃，更是非常美味。当然啦，要提醒各位为食猫，雄花得吃尚未开放的花蕾，当“草绿色毛毛虫”上的花蕾开出小白点花后，这雄花就老了，不能再吃啦。虽然此时雄花儿不能吃了，但“毛毛虫”雄花上开出的数百朵小花，好像在冒着白白的小烟花，并且还散发着青草般的香味。很快，借助风，这些白白的小烟花飘落至花絮伸长出的雌花球状柱头上，进而就结出了绿色小果球，等成熟时整个小球会长到鹌鹑蛋那么大，然后变成橙红色，软软的，很快会啪啪啪地落地——那可真是满满一地的橙红，满满一地的惊艳呀！

不仅花开惊艳，构树在生活中的作用也很惊艳哩！

《诗经·小雅》有句诗“乐彼之园，爰有树檀，其下维穀”。“穀”是古人对构树的叫法。诗的大意是说，喜爱那个美丽的林园，园子那里长有高大的香檀，下面便长有稍矮的构树。那么人们为什么喜欢构树？那是因为它是有用的树木。构树的“有用”最为人知的是树皮富含纤维，柔韧性强，自古便是造纸的上好材料。

《齐民要术》就曾记载构树的种植和造纸方法，《说文》曰：“穀者，楮也。”后面还有一句：其皮可以为纸者也。用楮皮（即构树皮）造纸的农事活动，在中国古代由来已久，在隋代已有大量生产。到了宋、金、元时期，因为发行的纸币，多用楮皮纸制成，楮一度成为古时纸钱与纸的代称。比如，楮帛（纸钱锡箔等焚化物）；楮券（纸币，钞票）；楮墨（纸与墨，也是诗文和书画的代称）等。所以，楮树在民间还有一个很接地气的别名“钞票树”。此外，构皮纸还是普洱茶包装的首选材料，因为以构皮纸做包装，经久耐用，透气防虫，古朴美观，文化味特别浓厚。呵呵，我们都开玩笑说——这构树，既有文化又赚钱，当真是名副其实的“钞票树”呀！

很惊艳的是，后来在广州的一些大商场，曾经看到过有卖“构树猪”。大花迷老朱懂得多，告诉我和小朱说，“构树猪”，顾名思义就是吃构树叶子长大的猪，用构树叶制作成饲料，具有独特的清香味，猪喜欢吃，吃后贪睡，快长膘。

哇！这构树花美果美，树皮叶子也有那么大的用处，真是全身都是宝呀。当然啦，梦幻般的花酸甜的果，爱花寻花的我们一直都没有错过；而对于叶子，自从知道“构树猪”后，我们也非常热衷欣赏构树叶啦。

构树叶，长得甚为有个性：边缘有锯齿，两面都生有厚柔毛；树龄大的构树，叶子多为卵圆形；而年龄小的构树，叶子却变化多端，多为三裂到五裂鸟趾状，看上去像是被虫“咬”过，漏出规则不一的小洞洞来，好看，又极富灵气。

我和小朱，一开始对大构树卵圆形的叶子经常认不准，因为这和很多大树

雄花

的叶子形状相似呀；但对鸟趾状的幼小构树叶子却一认一个准，因为长得太特立独行啦。据老朱说，有种理论解释是，幼小构树千变万化，那是为防止蝴蝶、蛾子等在其叶上产卵而进化出的机制，因为蝴蝶、飞蛾为了后代有更充裕的食物来源，往往不在残缺的叶子上产卵。

而我却想，用构树叶来解读人生，也别有一番趣味——幼小构树的叶子，千变万化，这不就像小孩子吗，不谙世事，一任性情随意成长，个个棱角分明；而树龄大的构树，叶子都统一成了卵圆形，这不就像成年人吗，历经岁月沉浮，洞察世事，曾经特立独行的棱角，都一一被磨圆啦。嘿！还真有点伤感呐。

山中岁月，培育了我不羁的想象力

朱晴鹤

承担下写后记的任务后，思索许久，发现竟难以下笔，因为十九年的爬山经历，恍惚却已有隔世之感。母亲笔下那个天真、爱幻想、充满活力的小顽童，如今已读大三，也即将步入社会。而那个曾经的小小顽童，在我眼里，也已如一个熟悉的陌生人一般。

说陌生，是因为种种口无遮拦、无忧无虑的言行举止，在我这位自诩已经成熟的成年人眼中，成为有些羞于承认的存在。但我又如此的熟悉，熟悉那种一旦拥有闲暇，就投入探索、投入幻想、投入思考，并乐于其中的感觉。

至此我才明白，我对曾经的自己，与其说是疏远，不如说是羡慕，羡慕他的无忧无虑，羡慕他的口无遮拦。我也仍然希望自己与那个小顽童一样，能有更多的时间探索、幻想与思考，但我也深知，如今自己的身上已肩负着更多的责任。

至此我才明白，即便我无法像母亲一样，将爬白云山的经历变为优美的文字；即便我无法像父亲一样，对白云山上的种种小径、景观如数家珍，但这十多年爬白云山的经历，所培养出的人格特质，却已切切实实地成为我生命中重要的组成部分。

正是山中时刻变化的生命，提示了运动的必然性，并激发了我求知探索的精神；正是山中千奇百怪的物种，述说了生命的多样性，并培养了我不羁的想象力；正是山中不断轮回的季节，告知了世界的规律性，并培养了我勤于思考的习惯。

我十分感谢父母，他们在我生命的初始篇章中，引入了比白炽灯更加温和的阳光，引入了比钢琴更加悦耳的鸟鸣，引入了比书画更加自然的纹理。也正是所有的这一切，造就了如今仍然热爱自然、热爱探索、热爱思考、热爱幻想的我。

2017 年 4 月 15 日，天津师范大学

一年无日不看花

潘小娴

第一次搬新家，两房一厅，还有了个小阳台，正巧面向校园的十字路口，视野开阔，左边是图书馆，右边是教学楼，书香气息浓郁。心想，有了浓浓的书香，如果能再来点花香，这日子就真是美美的了。

想了，就干！先到市场，买回上十个小花盆。因为阳台不大，也只能种些小巧一点的花花草草。选择种什么花草，也不费劲，就是希望一年四季都能看到有花儿在开放。于是，种上了春天的杜鹃、贴梗海棠，夏天的鸢尾花、使君子，秋天的千日红、秋海棠，冬天的茶花、舞女兰，还有文竹和石菖蒲。

喜欢文竹和石菖蒲，倒是和开不开花没什么关系，这大概就是读书人的一种癖好吧。明代王象晋的《群芳谱》中记载："乃若石菖蒲之为物，不假日色，不资寸上，不计春秋，愈久则愈密、愈瘠则愈细，可以适情，可以养性，书斋左右一有此君，便觉清趣潇洒。"古代文人，把石菖蒲作书斋案头摆设，清趣潇洒。我呢，也想沾沾文人气，经常把石菖蒲作为书房的案头摆设。当然，文竹也是我书房案头摆设的常客。文竹的叶片轻柔，密生如羽毛状，葱茏苍翠，似碧云重叠，姿态文雅潇洒，放置书房，净化空气的同时也增添了书香气息。

把这十盆花草种上时，已是春末，本该在春天开花的杜鹃和贴梗海棠，种到我家小阳台时，已然错过了花期。这也好，让它们积蓄一年的能量，来年应该会长得更耀眼吧。

其实，我选种的这十种花草，都不娇贵，也相对容易养。现代都市人工作忙碌，虽然花香书香很文雅，但在为了生活得拼命工作的日子里，书香花香，也多半只能属于生活的调味剂。既然是调味剂，投入的精力当是有限的，所以，种些不娇贵、容易养的花花草草，最合适。忙碌一天后，回到家，吃完晚饭，喝喝茶，再给花花草草浇些水，省时省力，却又怡情怡神。

初夏过后，鸢尾花和使君子如期开花了。使君子花小巧，初开时白色，而后变粉红色，再变为艳红色，使君子花数天容颜三变，真有时尚范。鸢尾花则开得颇有艺术气质，花瓣反卷，像个小巧的望远镜，蓝紫色中杂糅着水样般柔软的白色线条，透明透亮，如梦如幻。我常常喜欢一边看鸢尾花，一边读舒婷所写的长诗《会唱歌的鸢尾花》，那真是读得满心满眼的花香，满心满眼的诗情画意呀！

秋天来临，秋海棠率先开花了，红红艳艳颇为耀眼。千日红呢，也紫紫红红开了个透，那模样儿，或像圆溜溜的小脑袋，要不就是大长椭圆形。当时小朱只有一岁半，看着天真可爱的小朱，我总觉得，千日红圆溜溜的小脑袋，就像咱家的小朱，天真浪漫；而大长椭圆形的千日红，就像咱家的老朱，壮实敦厚。每当小朱老朱一起站在千日红花前，那画面真好看：一旁是圆溜溜和长椭圆形的千日红，一旁是天真浪漫的小朱和高大威武的老朱，花与人，相映成趣，让我看得欢喜无比。有时候，我也会把千日红摘下来，泡上一壶幽香隽永的清茶，一家人边喝茶边闲聊，倒也是喧嚣生活中难得的悠闲。

阳台上种的茶花，是连城红。冬天冷飕飕的，连城红一开放，红艳得很，似乎能把寒气逼出体内，让人满心灼热。舞女兰，文如其名，盛开的金黄色小花，有手有头有腰身有长裙，宛如一群穿着衣裙翩翩起舞的女郎。冬天，圣诞节、春节、元宵节，一个接一个，真的是个歌舞的好时光。养花看花，能如此尽兴，甚是美好。

歌舞时光过后，春天悄然而至，贴梗海棠也悄悄地开花了，猩红的花色，如跳跃的火焰，此情此景，用成语“如火如荼”来形容，当是最恰当不过了。当然，积蓄了一年的杜鹃花，也当仁不让地开得火热灿烂。我家的小阳台，种着的是一盆绯红的杜鹃花，年年立春过后，说开就开，枝枝缀锦，朵朵流霞。沉醉在杜鹃花儿构成的艳艳春景里，再配上暖暖的春阳，人们通常所说的春光明媚，再也没有比此时更恰当的了！

一年年，因为花花草草的陪伴，我家小阳台，风光艳艳。而我们一家呢，一年四季都能种花看花，“一年无日不看花”的日子，自然是甜美无敌啦。

只可惜，我家阳台上“一年无日不看花”的美景，却伴随着再一次的搬家，离我们远去了。这一次，我们搬进了华南师范大学，三房一厅，房子是宽敞了，但是，阳台更小，还背阴，基本照不到什么阳光，种花种草很难，这让爱花的我们一家着实有些惆怅。

虽然惆怅，但依然阻挡不住我们喜欢看花看草的炽热之心。家里看不了，也没什么要紧的，还有白云山呀。这是生活在广州的一大幸福——离市区不远，竟然有这么大的一座山。大花迷老朱决定带领我和小朱，游赏白云山，看花花草草去。于是，自从小朱两岁半开始，我们一家的周末时光，就全都浪荡到了白云山上。

白云山山体宽阔，三十多座山峰绵延成片，沟沟壑壑，层峦叠嶂，让我们容易痴迷，而白云山的一花一木，也同样让我们痴迷无比。自从爬白云山后，我们在山上认识了很多新奇的花花草草，比如：红楼花、羊角拗、金丝熊猫、金杯藤、钞票树、金凤花、希美丽……嘿！数也数不清。

十九年来，一个又一个周末，我们一家在白云山上浪荡来、浪荡去，山花养眼，身心康健，真是爬山、赏花两不误！乃至后来，白云山的一花一木，什么季节开花，会开放在哪里，哪里的花开得最为茂密和灿烂，我们都了然于心。

而两岁半开始跟随我们爬山的小朱，如今已经成长为一米八六的阳光大帅哥，花草一直伴随着他的童年，一直伴随着他的成长光阴，他的童年，是真正的花样童年；他的成长光阴，也是真正的花样光阴。如今，已到天津上大学的小朱，每当寒暑假放假回广州，第一件要做的快乐情，就是和爸爸妈妈一起爬白云山。

白云山上的广州碑林，挂有一副对联——“四面有山皆入画，一年无日不看花”，这副对联，有山，有花，有画，很闲雅，很舒畅，我们一家都非常喜欢。的确呀，四面环山，有花有草有白云的白云山美如画，而我们一家三口，一年四季都在这美如画的白云山看花儿看草儿，十九个年头以来，依然一直延续着“一年无日不看花”的花样光阴，那当然是，美如画，美如花啦！

2017年2月18日，广州